AF240224

CHAQUE PIÈCE, 20 CENTIMES.
150ᵉ LIVRAISON.

MICHEL LÉVY FRÈRES, ÉDITEURS,
RUE VIVIENNE, 2 BIS

LES OISEAUX DE LA RUE

SCÈNES POPULAIRES EN TROIS ACTES ET QUATRE TABLEAUX

PAR

MM. LAMBERT THIBOUST ET DELACOUR

REPRÉSENTÉES POUR LA PREMIÈRE FOIS, A PARIS, SUR LE THÉATRE DES VARIÉTÉS, DE 6 JANVIER 1864.

DISTRIBUTION DE LA PIÈCE.

ANDRÉ, fils de Michel, marchand de légumes.	MM. CHARLES PÉRRY.	COQUELET, homme d'affaires.	MUTÉE.
LE PÈRE PICTON, marchand de coco.	LECLERC.	UN MARCHAND DE VINS.	CHARIER.
MICHEL, porteur d'eau (1).	NESTOR.	UN PASSANT.	PELLERIN.
GIBOULÉ, marchand de parapluies.	LASSAGNE.	UN GARÇON DE RESTAURANT.	OULIF.
PROSPER GIBOULÉ, son neveu, marchand de pommade.	KOPP.	MARIETTE, fille de Michel, marchande de pommes.	Mᵐᵉ VIRGINIE DUCLAY.
PAUL DURAND.	DEVAUX.	MADAME COQUELET.	LEQUIEN.
		ANASTASIE COQUELET.	MARIE.
		FRANÇOISE, servante de M. Coquelet.	JOLIETTE.

(1) Ce rôle doit être baragouiné en auvergnat.

MARCHANDS, MARCHANDES, PASSANTS, INVITÉS DES DEUX SEXES.

A Paris, de nos jours.

ACTE I.

Premier Tableau.

Un carrefour. — A droite, sur le devant, un marchand de vins. — Trois rues, l'une à droite, au troisième plan; l'autre, à gauche, au fond; la troisième à gauche au premier plan. — Des boutiques.

SCÈNE Iʳᵉ.

DIVERS MARCHANDS, PASSANTS, puis successivement GIBOULÉ, PICTON, MARIETTE, MICHEL.

UN MARCHAND, *avec une petite boutique portative, il est à gauche.*

La boutique à quatre sous !... voyez la boutique à quatre sous !... la boutique à quatre sous !

UN MARCHAND, *de cartons traversant de gauche à droite, il vient du fond.*

Cartons ronds !... cartons carrés... cartons à champignons... cartons pour serrer vos robes et vos dentelles...

UNE ÉCAILLÈRE, *venant du premier plan à gauche, et traversant.*

A la barque... à la barque... quatre sous la douzaine, les belles huîtres... quatre sous la douzaine... (*Elle disparaît par la droite.*)

UN MARCHAND D'HABITS, *traversant du fond à gauche, et sortant à droite.*

Habits vieux galons... chand d'habits !

UN CRIEUR, *traversant de droite à gauche.*

V'là c' qui vient de paraître !... Demandez les détails de l'événement qui a jeté la consternation dans les Batignolles... Ça n' se vend qu'un son... v'là c' qui vient d' paraître !

GIBOULÉ, *venant du fond à gauche.*

Paraplies!... paraplies!... chand d' paraplies!... (*Il sort à droite.*)

LE PÈRE PICTON, *venant du premier plan à gauche,*
flageolant sur ses jambes et le visage enluminé.

A la fraîche qui veut boire!... à la fraîche!... buvez la glace! (*Il entre chez le marchand de vins.*)

MARIETTE, *avec un éventaire, entrant par la droite.*

Un sou, l' tas, la reinette... un sou, l' tas. (*Elle sort par le fond à gauche.*)

UN VITRIER, *venant de la droite et sortant par le fond à gauche.*

Vitri !... vitri !...

UN RAMONEUR, *entrant par le premier plan à gauche.*

Haut en bas !... haut en bas !... (*Il sort par la droite.*)

MICHEL, *arrivant par le premier plan à gauche.*

A l'eau... o!... à l'eau... o!... (*Il sort par le fond à gauche.*)
(*Tout ce monde a traversé le théâtre en sens divers et en se croisant avec les passants qui ont acheté divers objets.*)

LE MARCHAND, *qui est resté à gauche.*

A quatre sous... la boutique à quatre sous !... (*Il s'éloigne par le fond à gauche.*)

SCÈNE II.

PROSPER, GIBOULÉ, Passants, puis ANDRÉ, puis
COQUELET.

PROSPER, *une casquette sur la tête d'où s'échappe une chevelure extraordinairement touffue, entre par la droite, et vient établir sa petite boutique au premier plan. — D'une voix de fausset.*

Demandez, messieurs et dames... la voilà pour dix centimes la véritable pommade du chameau d'Afrique; rien n'y résiste ! Elle triomphe du cuir chevelu le plus rebelle. Frottez-vous, messieurs et dames... le prix en est modique, et la vertu superlative... Améliorez le système capillaire... Demandez ! la voilà pour dix centimes, la pommade du chameau d'Afrique ! (*On l'entoure, quelques passants achètent.*)

ANDRÉ, *arrivant par le fond à gauche et traînant une petite charrette.*

Des choux!... des poreaux !... des carottes !... navets... navets... mon bel ognon !... mon bel ognon !... (*Il sort par la droite.*)

COQUELET, *venant de la gauche premier plan, d'un air très-agité.*

Diable de bourse ! La hausse ! toujours la hausse !... et moi qui suis à la baisse... il faut payer... sans quoi, mon crédit est mort, je suis ruiné, et l'on m'exécute... Voyons, que dois-je... (*Il tire son calepin et crayonne vivement.*) Diable !... vingt mille francs!... Oh ! que nul ne se doute de ma débâcle... cet argent, je le trouverai !... je le trouverai !... Mon ami Charançon me prêtera cette somme... O Mercadet, inspire-moi. (*Il sort vivement par la droite.*)

PROSPER, *regardant à gauche.*

Un sergent de ville... sauvons-nous. (*Il disparaît avec sa boutique par le fond à gauche.*)

SCÈNE III.

LE PÈRE PICTON, Un Gamin, Passants, puis LE MARCHAND
DE VINS.

PICTON, *sortant de chez le marchand de vins ;*
il agite sa sonnette.

A la fraîche qui veut boire !... deux liards le verre. (*Un gamin s'approche.*)

LE GAMIN.

Donnez-moi-z-en un verre...

PICTON, *versant.*

Tiens, p'tit canard... A ton âge, je buvais déjà ma bouteille... (*Il rit.*) Hé ! hé ! hé ! (*Le gamin part, les passants s'approchent de Picton.*) La jeunesse d'aujourd'hui ça ne sait pas boire... (*Il tire une bouteille du sac qu'il a devant lui et se verse dans un de ses gobelets.*) le voilà le vrai coco des anciens !... et c'est le raisin qui y sert de réglisse ! (*Il boit, on rit autour de lui.*)

LE MARCHAND DE VINS, *sortant de sa boutique, riant en regardant Picton.*

Ah ! ça, père Picton, vous êtes donc gris comme ça depuis c'matin ?

PICTON.

Tu te trompes, fiston... c'est un petit restant d'hier au soir.

LE MARCHAND DE VINS.

Vous devriez rougir... le doyen des marchands de coco... vous donnez le mauvais exemple !

PICTON, *riant*

C'est y donc ma faute si j'ai soif!... je me rafraîchis, v'là tout. La bouteille, c'est l'ami de l'homme... hi, hi, hi ! depuis que j'ai la chance d'être veuf de mon épouse, avec qui qu' j'ai été heureux comme un goujon dans la friture, j' m'ai remarié en secondes noces avec c'te d'moiselle-là... (*Il montre sa bouteille.*) Et quand elle est vide, je divorce... j'en épouse deux autres, trois autres... tant qu'on voudra... ça me console de mon épouse... (*Il verse.*)

Air du Père Trinquefort.

Mon épouse fut désagréable...
Son caractère était abominable...
Dans l' ménage c'était un vrai diable !
Elle criait du matin au soir.
   Moi, sans trop m'émouvoir
Des scènes que me faisait mon épouse,
   J'avais sur moi l' pouvoir
D'oublier son humeur jalouse.
Elle criait, moi je buvais.
Elle recriait, je rebuvais,
Puis en riant, je m'endormais
Et quand le matin, je m'éveillais,
   Ma moitié s' taisait }
   Et ronflait   } bis.

Mon talisman, c'était le jus de la treille,
Oui c'était toi, ma petite bouteille.
Quand ma moitié par hasard me battait
Ton p'tit gou et tout bas me répétait :
   Glou, glou, glou, glou, glou
   Ma chère bouteille !   } bis en chœur.
   Glou, glou, glou, glou, glou, glou,
   Encor un p'tit coup.

LE MARCHAND DE VINS, *riant.*

Farceur de père Picton, va.

PICTON.

Hé ! faut rire, nom d'un robinet !... la mélancolie, connais pas ! les embêtements, passez votre chemin !... la vie, c'est la rigolade... Je paie la goutte... (*Il veut entrer.*)

LE MARCHAND DE VINS.

Non, père Picton... en v'là assez pour aujourd'hui, vous êtes lesté, mon bon homme.

PICTON.

De quoi ? tu fermes la porte aux amis... t'es donc pas français?

LE MARCHAND DE VINS.

Si... mais...

PICTON, *le faisant tourner.*

Allons ho ! verse le trois-six de l'amitié.

LE MARCHAND DE VINS.

Satané soiffeur, va.

PICTON.

A la fraîche ! qui veut boire ?

CHŒUR — REPRISE.

   Glou, glou, glou, glou, glou,
   Ma chère bouteille,
   Glou, glou, glou, glou
   Encor un p'tit coup.

(*Il rentre chez le marchand de vins, qui le suit en riant.*)

SCÈNE IV.

PROSPER, quelques Passants, puis MARIETTE.

PROSPER, *rentrant par le fond à gauche, avec sa boutique qu'il réinstalle au premier plan, à gauche.*

Frottez-vous, messieurs et dames, la voilà pour dix centimes, la pommade du chameau du d'Afrique... elle fait pousser les cheveux... et l'on s'en sert au besoin pour frotter les appartements.

MARIETTE, *rentrant par la droite.*

Un sou, l' tas, la reinette... un sou, l' tas...

PROSPER, *allant à elle.*

Mam'zelle Mariette !

MARIETTE.

Monsieur Prosper !

PROSPER.

Moi qui vous *serche* depuis ce matin.

MARIETTE.

Je vous ai *serché* aussi, monsieur Prosper !

PROSPER.

Enfin l'hasard nous réunit... et je puis vous dire combien je vous aime.

MARIETTE.

Moi aussi, j'ai un sentiment pour vous... mais nous ne pourrons jamais nous marier...

PROSPER, *prenant des pommes dans l'éventaire de Mariette, et les mangeant tout en parlant.*

Et la raison du pourquoi, mam'zelle ?

MARIETTE.

Pasque votre oncle est riche, et que mon père est pauvre.

PROSPER.

Le fait est que mon oncle à trois mille francs de placés et qu'il tient à la fortune...

MARIETTE.

Sans compter qu'il parle...

PROSPER.

Ah ! le fait est qu'il parle bien... pour un marchand de parapluies.

MARIETTE.

On dirait un journal.

PROSPER.

Tout cela m'est inférieure, voyez-vous !... j'ai vingt-cinq ans, donc, je suis *major*... J'enverrai à mon oncle des assommations respectueuses ; après quoi, je lui dirai : « Des noisettes !... » D'ailleurs, je suis libre, j'ai une position sociale... Oh ! je vous épouserai, mam'zelle Mariette... je vous le jure sur mes cheveux !

MARIETTE.

Vous m'aimez donc bien ?

PROSPER, *qui croque toujours les pommes.*

Si je vous aime, mam'zelle !... si je vous aime !... oh ! ma vie entière... Tiens... j'ai avalé un pépin !

MARIETTE.

Oh ! que ça me fait donc plaisir !

PROSPER, *avec reproche.*

Ça vous fait plaisir que j'ai avalé un pépin ?

MARIETTE.

Non... ça me fait plaisir que vous m'aimiez, car moi aussi je pense à vous en criant mes pommes... Dernièrement, il y a un commmis en ruban qui me faisait la cour...

PROSPER.

Oh ! un calicot !... Fi ! fi !

MARIETTE.

Mais je lui ai dit comme ça... « Mon cœur est retenu... passez votre chemin... n'y a pas mèche. »

PROSPER, *avec passion.*

Et moi aussi j'ai reçu des propositions... Y a une femme du monde qu'a voulu m'épouser... une femme très-chouette.., et je lui ai dit : « Ce p'tit là c'est pas pour vous, ma brave femme... » Et finalement pour vous conter la chose... je l'ai envoyée à la balançoire !

MARIETTE, *émue.*

Oh ! c'est bien, monsieur Prosper !... vous êtes un digne jeune homme, et je vous aimerais encore plus si c'était possible... Je fais de si beaux projets pour quand nous serons mariés.

PROSPER.

Vrai de vrai ?

MARIETTE.

Oh ! voui !

Air :

Je pense à not' petit ménage ;
Nous aurons un p'tit mobilier
De jolis rideaux à ramage,
Avec un' commode en noyer.

PROSPER.

Puis un enfant augmentera la famille.

MARIETTE, *baissant les yeux.*

Un beau garçon !

PROSPER.

A moins que ça n' soit un' fille !

MARIETTE.

Faut l' consentement, pour tout cela, } *bis.*
D' vot' oncle qui vous sert de papa !

PROSPER.

Oh ! mam'zelle Mariette, moi aussi, je pense à vous journellement et nuitamment !

Même air.

Oui, chaque nuit, de vous je rêve...
Dans mon lit j' fais des soubresauts...
Et quand mon doux songe s'achève
Alors, je me réveille en cerceaux.
Je ne dors plus, je couve une jaunisse...
Ah ! voyez-vous... m'am'zelle, faut que ça finisse...
J' vous épous'rai... je l'ai mis là

MARIETTE.

(Parlé.) Mais vot' oncle ?...

PROSPER, *achevant l'air.*

Mon oncl' dira ce qu'il voudra !
Oui, j'vous épous'rai... j' l'ai mis là !
Je m' fich' pas mal de c' qu'il dira !

MARIETTE.

Tout ça finira pas bien, monsieur Prosper.

PROSPER.

Au contraire... tout ça s'arrangera.

GIBOULÉ, *en dehors, d'une voix criarde.*

Paraplies !... paraplies !... chand de paraplies !...

PROSPER.

Je reconnais les organes du frère de l'auteur de mes jours. *(Ils se séparent en voyant entrer Giboulé qui arrive par la droite.)*

SCÈNE V.

LES MÊMES, GIBOULÉ.

GIBOULÉ.

Paraplies !... Que vois-je... mon neveu, au lieur de travailler, cause avec des... pas grand chose... *(Reprenant sa voix criarde.)* Paraplies !...

MARIETTE.

Monsieur Giboulé !...

PROSPER.

Mon oncle... vous êtes dur...

GIBOULÉ, *de sa voix naturelle.*

Oui... t'es amoureux de la marchande de pommes... y a longtemps que je vous guigne... Paraplies !... La parenté me donne des devoirs... et des droits... T'es mon neveu, car je suis ton oncle !...

PROSPER.

Pardine ! pour le mal que ça vous a donné...

GIBOULÉ.

Qu'est-ce à dire ! et l'inducation que je t'ai donnée !... et les précestes de vertu que je t'ai zinculqués soi-même... c'est donc rien... Mais j' veux que tu travailles... T'es un être naïf qui ne connaît pas la société, l'homme se doit za la société, et le feignant z'est indigne de s'asseoir zau banquet de la civilisation, ousque chacun dans ses petits moilliens doit zapporter son plat ! et voilà !... *(Reprenant sa voix criarde et passant à droite.)* Paraplies !... (Mariette se trouvant alors au milieu, entre Prosper et Giboulé !... Giboulé, voyant son neveu manger des pommes fait comme lui et tous deux plongent dans l'éventaire de Mariette qui pleure, son mouchoir sur les yeux.)*

PROSPER.

Mon oncle !... Je suis libre... je suis...

GIBOULÉ.

T'es t'un cornichon, v'là c' que t'es...

PROSPER, *avec un désespoir dramatique.*

Oh ! si vous n'étiez pas mon oncle !...

GIBOULÉ, *mangeant toujours des pommes.*

Le fait est que tu me rends malheureux... tu abrèges mes journées... (*De sa voix criarde.*) Paraplies !

MARIETTE.

Monsieur Giboulé... je vous jure que je suis pas coquette... C'est-y donc not' faute, si nous avons un sentiment l'un pour l'autre... nous avons grandi ensemble en nous aimant... ne plus nous aimer... ça me paraît impossible... J' sais ben que je ne suis pas riche... Dame ! je n'ai que mon amour... mon éventaire... et mes pommes...

GIBOULÉ.

Ca n'est point z'assez !

(*Mariette remonte en pleurant.*)

PROSPER, *à part.*

Et ça ne l'attendrit pas... cœur de tigre, va...

GIBOULÉ.

Dieux de dieux !... que les oncles sont malheureux quand ils ont des neveux !

PROSPER.

Que les neveux sont malheureux quand ils ont des oncles !...

GIBOULÉ, *allant à lui.*

Tu oses tenir des propos séditieux... tiens !... (*il lui donne un coup de pied.*)

PROSPER, *avec douleur, à part.*

Oh !... frappé devant elle... et par derrière. (*Il remonte. — Giboulé passe à gauche.*)

SCÈNE VI.

LES MÊMES, ANDRÉ, puis MICHEL, puis PICTON.

ANDRÉ, *rentrant par la droite, avec sa charette.*

Des choux !... des poreaux ! des carottes !... navets !... navets !... (*A Prosper.*) Tiens, te v'là, toi, l'homme aux cheveux... (*Il dépose sa charette au fond.*) Bonjour père Giboulé... ca va bien... moi, pas mal, merci... (*Allant à Mariette.*) Tiens !... quoi donc qu' t'as, p'tite sœur... des larmes !... qui qui t' fait pleurer ?... C'est y toi, l'homme aux cheveux ?

PROSPER.

Moi !... jamais !...

GIBOULÉ, *le faisant tourner à gauche.*

Hein ?...

ANDRÉ.

C'est donc vous alors, père Giboulé ?... Oh ! mais minute... je veux pas qu'on fasse pleurer ma petite sœur, sans quoi... gare les éclaboussures...

MARIETTE, *essayant de sourire.*

Mais je pleure pas... tiens... je ris... ah ! ah ! ah ! tu vois bien que je ris, mon bon André.

ANDRÉ

Alors et pour lors, suffit... baisez ce frère tout de suite. (*Il l'embrasse.*)

MICHEL, *arrivant par le fond à gauche.*

A l'eau... o !

ANDRÉ, *l'aidant à déposer ses sceaux près de la charette.*

Tiens !... v'là le père !... ça va bien ?

MICHEL, *gaiment.*

Très bien !... et j'ai vendu ma dernière voie d'eau... fichtra !... (*Il va embrasser Mariette.*)

PICTON, *sortant de chez le marchand de vins, complètement ivre.*

De l'eau ?... connais pas !

TOUS, *riant*

Ah ! le père Picton.

PICTON

Je suis un honnête homme, moi. (*On rit.*)

ANDRÉ.

Oui... tu es un honnête homme quand t'as un verre de vin dans les idées... connu !...

(*Pendant la scène suivante, la nuit vient peu à peu, — Les boutiques s'éclairent, ainsi que les fenêtres. — L'allumeur de gaz allume les lanternes.*

SCÈNE VII.

LES MÊMES, TOUS LES PETITS MARCHANDS DE LA PREMIÈRE SCÈNE, PASSANTS.

CHOEUR.

Air de Polka.

Voici la nuit, l' travail est à sa fin.
Voici la journée
Pour nous terminée,
Et nous allons nous reposer enfin
Jusques à demain
Matin.

ANDRÉ.

Ah ! les voilà tous, les enfants, les oiseaux de la rue, qui vont, qui viennent, qui grouillent, qui voltigent, qui crient et qui chantent... toujours gais, toujours insouciants, vu que la Providence est là, et qu'elle donne la becquée aux oiseaux de la rue comme aux oiseaux du ciel !

TOUS.

Bravo ! André !

GIBOULÉ.

La société z'est une mère qui porte indistinctement ses enfants dans son flanc, vu qu'elle en a le droit, z'et que ça lui fait plaisir... Paraplies !...

ANDRÉ.

On reconnaît le volatile parisien à ses cris de différents caractères, dont voici l'échantillon.

Air nouveau de J. NARGEOT.

RONDE DES CRIS DE PARIS.

PREMIER COUPLET.

Dès que l' jour nous éclaire,
Les s'rins, les perroquets,
Le moineau de la portière
Commencent leurs caquets.
Du travail l'heure est v'nue
Et pour se réveiller,
Les oiseaux de la rue
Commencent par crier.

(*Criant.*) Des choux ! des poreaux ! des carottes ! mon bel ognon ! mon bel ognon ! (*Reprenant le chant.*)

Et v'là l' chant et les cris }
Des oiseaux de Paris ! } bis.

CHOEUR.

Et v'là l' chant et les cris }
Des oiseaux de Paris. } ter.

GIBOULÉ.

DEUXIÈME COUPLET.

Chacun crie à la ronde
Et suivant son métier.
L' moutard, en venant au monde,
Commence par crier.
L' marchand dans sa boutique
Crie après les chalands.
Moi pour trouver pratique,
J' crie après le beau temps.

(*Criant.*) Paraplies !... paraplies !... chand d' parapliés !... (*Reprenant le chant.*)

Et v'là l' chant et les cris, etc.

CHOEUR.

Et v'là le chant et les cris, etc.

LE PÈRE PICTON.

TROISIÈME COUPLET.

Ma femme, vraie harpie,
Criait à tout moment.
Dans chaque ménage on crie,
On s' bouscule, c'est charmant
Chaque mari, je gage,
Devrait, sans s'effrayer,
Fair' comme dans mon ménage,
J' laissais ma femm' crier !

(*Criant.*) Buvez la glace !... qui qu'en demande un verre là, mes enfants ?....

MICHEL.

A l'eau... o !...

ANDRÉ.

Des choux ! des poreaux ! des carottes !

MARIETTE.

Un sou l' tas, la reinette !... un sou l' tas !...

GIBOULÉ.

Paraplies !... chand d' paraplies !...

PROSPER.

Ah ! tenez ! tenez ! tenez !... la voilà pour dix centimes !...

PICTON, *reprenant le chant.*

Et v'là le chant et les cris, etc.

CHŒUR.

Et v'là l' chant et les cris, etc.

ANDRÉ.

Tout ça est bel et bon... mais vous avez fini votre journée vous autres...

TOUS.

Eh ben... et toi ?

ANDRÉ.

Moi... j'ai deux professions ; le jour, marchand de légumes... le soir, joueur d'orgue pour accompagner la lanterne magique... on a deux positions sociales...

PROSPER, *étendant la main.*

Sapristi... j'ai senti une goutte sur le nez.

GIBOULÉ.

Moi z'aussi.

LE PÈRE PICTON.

La goutte !... qu'est-ce qui paic la goutte ?

ANDRÉ, *reprenant sa charrette.*

Pristi !... qué bouillon... Rentrons au nid !... ou gare la sauce !... (*La pluie tombe avec fracas. — Michel reprend ses seaux et Prosper sa boutique.*)

GIBOULÉ, *ouvrant un parapluie.*

Une averse !... ô bonheur !... (*Criant de toutes ses forces.*) Paraplies !... chand de paraplies !...

REPRISE DU CHŒUR.

Et v'là l' chant et les cris
Des oiseaux de l'aris.

(*Tous sortent vivement de tous les côtés.*)

SCÈNE VIII.

PAUL DURAND, puis UN PASSANT, puis PICTON, puis MADAME COQUELET, puis LE MARCHAND DE VINS.

(*Les boutiques se sont tout-à-fait éclairées. — La nuit est complète. — Des passants traversent rapidement le théâtre avec des parapluies ou des mouchoirs sur leurs chapeaux. — Paul Durand paraît tenant à la main une valise et un carton à chapeau ; il est en tenue de voyage, le collet du paletot relevé ; il arrive par le fond, à gauche.*)

PAUL, *seul.*

Quel chien de temps !... avec ça que je me suis perdu en quittant les messageries Lafitte et Caillard... je me crotte, je barbotte... Voyons... on m'a indiqué à Saint-Remy, l'hôtel Saint-Phar... au coin du faubourg Montmartre... où suis-je ici ?... Ma foi, je vais demander mon chemin aux passants... (*S'adressant à un passant qui arrive par la droite.*) Monsieur, je suis très-embarrassé... auriez l'obligeance de...

LE PASSANT.

Je n'ai pas de monnaie... ah ! si... tenez... prenez donc !... (*Il lui met une pièce de monnaie dans la main, et sort par le premier plan à gauche.*)

PAUL, *regardant dans sa main.*

Un sou !... ah ça !... est-ce que ce monsieur a cru que je lui demandais l'aumône... c'est mon chemin que je lui demande. (*Au père Picton qui arrive par le fond à gauche.*) Dites-donc, mon brave... le faubourg Montmartre, s'il vous plaît ?

LE PÈRE PICTON, *très-ivre.*

Passe ton chemin... ivrogne !... je suis un honnête homme !... (*Il va pour s'éloigner.*)

PAUL, *le retenant.*

Ce n'est pas ça que je vous demande... je vous demande le faubourg Montmartre.

PICTON.

La Turquie a raison !... la Turquie, c'est le pays des Turcs... à Constantinople... il y a une queue de cheval à la porte !... Je suis un honnête homme !... (*Chantant à tue tête.*)

Oui, les Français ont traversé l'Afrique,
Nous sommes certains qu'il y croît des lauriers.

(*Il sort par la droite.*)

PAUL.

En voilà un animal qui a son affaire ?... (*Regardant vers la gauche.*) Ah ! une femme !... elle sera peut-être plus gracieuse... (*Allant à madame Coquelet qui entre par le premier plan, à gauche.*) Madame... seriez-vous assez aimable pour...

MADAME COQUELET, *qui tient une ombrelle.*

Monsieur... vous êtes un insolent ! (*Elle passe à droite.*)

PAUL.

Mais madame...

MADAME COQUELET.

J'aime mon mari, monsieur... et je vous défends de me suivre...

PAUL.

Madame, je vous jure... (*Madame Coquelet disparaît vivement par la droite. — Stupéfait.*) Ah ! ça, est-ce que cette dame croit que je veux la suivre ?... ma foi non... j'ai trop froid aux pieds... (*Criant.*) Madame !... j'ai trop froid aux pieds !... Eh ! parbleu !... je vais demander au marchand de vins... (*Au marchand de vins qui paraît sur sa porte.*) Monsieur... auriez-vous l'obligeance de m'indiquer le faubourg Montmatre ?

LE MARCHAND DE VINS.

Parfaitement, monsieur.

PAUL, *à part.*

A la bonne heure !... en voilà un raisonnable !

LE MARCHAND DE VINS, *parlant très-vite.*

Vous allez prendre la première à gauche, en remontant, la troisième à droite, puis tout droit, puis vous traverserez le passage du Saumon ; la rue Montmartre tout droit et vous y êtes. (*Il rentre dans sa boutique.*)

PAUL.

J'y suis !... mais je n'y suis pas du tout... oh ! les parisiens sont aussi peu hospitaliers... bast ! allons en avant... je trouverai peut-être... (*Il remonte en courant vers la droite, et heurte Coquelet qui entre de ce côté.*)

SCÈNE IX.

COQUELET, PAUL.

COQUELET, *avec un parapluie.*

Prenez-donc garde, animal !

PAUL.

Faites attention, imbécille !

COQUELET.

Insolent !

PAUL.

Crétin !

COQUELET, *venant à lui.*

Ah ! c'est trop fort !... monsieur, vous me rendrez raison.

PAUL, (*tirant son portefeuille et en tirant une carte qu'il lui donne.*

Très-volontiers !... voici ma carte.

COQUELET, *lui donnant la sienne.*

Voici la mienne.

(*Paul, furieux a fait le mouvement de remettre son portefeuille dans sa poche, mais le portefeuille glisse entre la redingotte et le gilet et tombe à terre sans que les deux personnages voient ce mouvement.*)

PAUL, *allant lire sous une lanterne de gaz à droite.*

« Coquelet ! »

COQUELET, *faisant le même jeu à gauche.*

« Paul Durand... » Ciel !... Seriez-vous Paul Durand... le fils de Durand, le négociant de Saint-Rémy... (*Auvergne.*) ?

PAUL.

Oui... seriez-vous le Coquelet, homme d'affaires, rue Bourbon-Villeneuve, pour qui mon père m'a donné quelques instructions ?

COQUELET, *se rapprochant.*

Je le suis, jeune homme, je le suis... O hasard !... je retire mon mot d'animal.

PAUL., *de même.*

Je retire mon mot de Crétin... Ce brave monsieur Coquelet !..

COQUELET.

Ce cher monsieur Paul !... (*Ils se serrent la main, tous deux causent sous le parapluie de Coquelet.*)

COQUELET.

Et vos parents se portent bien ?

PAUL.

Parfaitement.

COQUELET.

Par quel hasard à Paris?... Ah ! mon gaillard, vous venez sans doute pour vous amuser, pour agiter les riants grelots de la folie ?

PAUL.

Du tout !... mon père a, le mois prochain un payement assez considérable à faire... et comme il avait des fonds à recevoir au Havre... je suis allé les toucher

COQUELET.

Mais vous restez quelque temps à Paris ?

PAUL.

Oh ! peu de jours... le temps nécessaire pour retrouver un ancien ami de mon père... un brave homme qui, à ce qu'il paraît n'est pas heureux en ce moment... un nommé Michel, porteur d'eau... qui a un petit commerce de charbon.

COQUELET.

Michel ! attendez donc... je crois que j'ai une créance contre cet individu... Et vous viendrez chez moi... votre couvert sera mis...

PAUL.

Je profiterai de l'offre, dès que mes affaires me laisseront quelque liberté...

COQUELET.

Et vous allez ?

PAUL.

Hôtel Saint-Phar, au coin du faubourg Montmartre.

COQUELET, *remontant avec lui, et lui indiquant la droite.*

Prenez tout droit et le boulevard à gauche, c'est le plus simple...

PAUL.

Merci... Tiens ! il ne pleut plus... Adieu, cher monsieur Coquelet.

COQUELET.

Au revoir... et à bientôt... Sans rancune...

PAUL.

Sans rancune... (*Il sort par la droite.*)

COQUELET, *seul.*

Charençon n'a pas le sou... oh ! voyons encore... car sans cet argent... je suis perdu ! (*Il sort par le premier plan à gauche.*)

SCÈNE X.

PICTON, puis LE MARCHAND DE VINS,

(*Picton, rentre par la droite et se dirige vers le marchand de vins, en chantant.*)

PICTON.

Oui, les Français ont traversé l'Afrique...
Nous somm's certains qu'il y croît des lauriers.

(*Il veut entrer chez le marchand de vins, qui sort de sa boutique et le repousse.*)

LE MARCHAND DE VINS.

Non, père Picton, c'est fini... les tonneaux sont couchés... vous en avez assez pour aujourd'hui... Bonsoir.

PICTON.

De quoi?... tu fais le malin... Vas donc, méchant manezingue !... je te signalerai au gouvernement... Ah !... si j'étais riche... mais je le deviendrai...

LE MARCHAND DE VINS.

C'est ça,.. quand vous aurez trente mille francs, vous achèterez ma boutique... (*Il rentre, et ferme sa porte au nez de Picton.*)

PICTON, *seul.*

Oui... que je l'achèterai... Oui... que j'aurai trente mille francs... (*Donnant un coup de pied dans le portefeuille.*) Vas donc !... (*Criant.*) A la fraîche !... qui veut boire ?... Il s'éloigne par le fond à gauche, en chancelant et en chantant.)

SCÈNE XI.

ANDRÉ, UN INDIVIDU.

(*Un individu entre par le premier plan à gauche, une lanterne magique sur le dos, traverse la scène et disparaît par la droite. — André le suit, en jouant de l'orgue.*)

ANDRÉ, *criant.*

Lantern' magique !... pièce curieuse !... (*Mettant le pied sur le portefeuille.*) Qu'est-ce que c'est que ça? (*Il ramasse le portefeuille de Paul.*) Un portefeuille !... (*L'ouvrant.*) Des billets de banque !...

L'INDIVIDU, *en dehors.*

Ohé !... André !... viens donc !

ANDRÉ, *très-ému.*

Voilà ! voilà !... (*Il serre le portefeuille dans sa poche, et sort, en tournant son orgue et en criant :*) Lanterne magique !... (*Le bruit de l'orgue et la voix d'André, se perdent dans le lointain. — Un chiffonnier paraît avec sa lanterne allumée, venant du fond à gauche. — L'orchestre reprend le refrain de la Ronde des cris de Paris. — Le rideau baisse.*)

Fin du premier acte.

ACTE II.

Deuxième Tableau.

Une chambre presque mansardée. — Ameublement très-simple. — Porte au fond à droite. — Portes latérales. — A gauche, au fond, une fenêtre ornée de pots de fleurs. — Une cage à serin est accrochée à la fenêtre. — Dans le fond, à gauche de la fenêtre, est la fontaine de coco du père Picton. — Une cheminée à droite, premier plan à gauche, une table sur laquelle il y a pelote, fil, aiguilles et ciseaux. — Au fond, entre la porte et la fenêtre, un buffet. — Dans la cheminée, un petit fagot de bois blanc. — L'éventaire de Mariette est sur une chaise à droite, près de la cheminée. — Chaises de paille.

SCÈNE I.

MARIETTE, seule.

(*Elle est assise contre la table de gauche, et occupée à recoudre un gilet. — Elle pose son ouvrage et se lève.*)

Tiens !... et moi qui ai oublié de donner le déjeuner à mon serin. (*S'approchant de la cage.*) Fifi !... petit mignon, petit cœur !... (*Elle met du millet dans la cage.*) Tiens !... monsieur Prosper qu'est à sa fenêtre... Bonjour, monsieur Prosper !...

PROSPER, *en dehors.*

Vous êtes seule, mam'zelle Mariette ?

MARIETTE.

Oui, monsieur Prosper.

PROSPER, *en dehors.*

Attendez-moi... je vais vous dire un petit bonjour.

MARIETTE.

Tiens !... le v'là qui décroche sa cage où est sa serine... Quel bon jeune homme !... (*Descendant la scène.*) Il est joliment distingué !... et il m'aime tant. Dire que pour être près de moi, il est venu louer cette mansarde, en face... c'est ça de l'amour !

SCÈNE II.

MARIETTE, PROSPER, *tenant une cage dans laquelle est un serin.*

PROSPER, *entrant par le fond.*

Bonjour, mam'zelle ! on dit que les petits cadeaux entretiennent l'amitié !... v'là un petit cadeau que j' vous apporte.

MARIETTE.

Un cadeau !

PROSPER.

C'est ma serine... Je vas vous dire : j'ai remarqué que votre serin s'embêtait tout seul... cet animal ne chantait plus... Je vas lui donner une compagne. (*Il va mettre le serin dans la cage de la fenêtre.*) Va, petit... Ah ! qu'il est gentil !

MARIETTE.

Ah ! c'est une bonne idée !

PROSPER, *posant sa cage à terre près de la fenêtre, et redescendant la scène avec Mariette.*

V'là qu'est fait... est-ce drôle !... pour qu'un homme et une femme soient mariés, faut un tas de formalités, faut des témoins, tout le bataclan, quoi !... tandis que les serins... oh !... n'y a pas tant de façons... ils n'ont pas besoin de faire venir leurs papiers... on vous les flanque tout simplement dans une cage... et les v'là mariés !...

MARIETTE, *avec un soupir.*

C'est vrai tout de même... ah !...

PROSPER.

Un soupir !... oh ! dites moi z'en la source.

MARIETTE.

J'ai peur pour notre mariage... j'ai des pressentiments... En me réveillant, j'ai vu une araignée.

PROSPER.

Araignée du matin, chagrin !

MARIETTE.

Oui, votre oncle...

PROSPER.

Mon oncle consentira... votre père aussi... c'est un brave homme, le père Michel...

MARIETTE.

Ce mariage, c'était le rêve de ma pauvre mère.

PROSPER.

Oh ! Mariette... il s'accomplira, le rêve de la mère Michel !... Confiance mam'zelle, et dans quelques jours, je vous traînerai à l'autel !

MARIETTE.

A présent, reprenez vot' cage et allez vous-en !

PROSPER, *remontant, et voyant la fontaine du père Picton.*

Tiens ! la fontaine du père Picton !... Pourquoi donc est-elle ici ?...

MARIETTE.

Vous savez bien qu'il demeure au-dessus.

PROSPER.

Oui...

MARIETTE.

Hier soir, en rentrant, le pauvre cher homme, il était... comment dirai-je ?..

PROSPER.

Dans les brindezingues...

MARIETTE.

Il n'avait plus la force de porter sa fontaine... alors, je la lui ai ôtée... après quoi, il est remonté se coucher.

PROSPER.

Ce farceur de père Picton !... (*Musique à l'orchestre. — Refrain de Trinquefort.*)

MARIETTE, *remontant.*

Tiens... je l'entends qui descend.

PROSPER, *passant à gauche.*

C'est ma foi vrai... En voilà un qui n'aura jamais la pépie. (*Picton entre par le fond.*)

SCÈNE III.

Les Mêmes, PICTON, *très-pâle.*

MARIETTE.

Bonjour, père Picton.

PICTON, *à part.*

Dieux ! que j'ai mal à la tête !

PROSPER.

Bonjour, vieux... ça va bien ?

PICTON.

Ça ne va pas mal... seulement j'ai mal à la tête....

MARIETTE.

Le fait est que vous êtes tout pâlot...

PICTON, *s'asseyant à droite.*

Je suis tout pâlot !...

MARIETTE.

Voyez plutôt... (*Elle lui apporte une petite glace, qu'elle prend au-dessus de la cheminée.*)

PICTON, *se regardant.*

C'est vrai. (*Il rend la glace à Mariette, qui va la remettre à sa place.*)

PROSPER.

Ah ! vous avez la mine échauffée.

PICTON.

Je suis échauffé, parce que je me suis trop rafraîchi.

MARIETTE.

Fi ! que c'est vilain de boire comme ça... vous devriez vous corriger et je vous aimerais bien...

PICTON.

Oui, mes enfants... vous avez raison... le vin dégrade l'homme... Aussi voyez-vous, c'est bien fini... je ne boirai jamais... et puis, ça m'humilie qu'on me voie entrer chez les marchands de vins... n'y a rien de canaille comme ça... Dieux ! que j'ai donc mal à la tête !

PROSPER.

Serment d'ivrogne, père Picton... vous y reviendrez !...

PICTON, *se levant.*

Jamais !... avec tout ça v'là l'heure de travailler.

MARIETTE.

Votre fontaine était à sec... j'y ai mis de l'eau.

PICTON.

C'est de la réglisse qu'il faudrait maintenant. (*A Prosper.*) Tu n'en as pas sur toi de la réglisse ?

PROSPER, *allant chercher la fontaine qu'il apporte sur le devant.*

Ma foi, non.

PICTON, *allant à la cheminée.*

Attends, attends, v'là mon affaire. (*Il va prendre dans la cheminée un petit fagot de bois blanc.*) Avez-vous un couteau ?

MARIETTE, *allant en chercher un dans le buffet et le lui apportant.*

Voilà.

PICTON.

Parfait !... (*Il se met à tailler le bois, en jette les petits morceaux dans sa fontaine que tient toujours Prosper.*)

PROSPER.

Eh ! bien, qu'est-ce que vous faites donc là ?

PICTON.

Je fais du coco.

PROSPER.

Avec du bois blanc !

PICTON.

Pardine !... crois-tu pas que je vas y mettre de l'acajou.

MARIETTE.

Mais ça ne sentira rien.

PICTON.

Puisque ça ne se voit pas... d'ailleurs, pour deux liards le verre, croyez-vous que je vas leur donner de la veuve Cliquot ?... Allons, toi, aide-moi à mettre ça sur le dos... (*Aidé de Prosper, il met sa fontaine sur son dos.*) Là ! ça y est... allons-y...

PROSPER.

Je descends avec vous.

PICTON.

Adieu, ma petite Mariette... soyez heureuse... et pour ça ne vous mariez jamais.

PROSPER.

Dites donc, vous... l'homme au bois blanc !

PICTON, *riant.*

Et toi, ne te grise jamais... le vin dégrade l'homme ! Dorénavant, je ne boirai plus... que de l'eau-de-vie... Ne bois jamais de vin !

PROSPER.

Oh !.. le vin, je l'abomine !

PICTON.

Tu n'aimes pas le vin. (*Avec un geste de mépris.*) Vas-donc, méchant canard. (*Il le fait passer à sa gauche.*)

PROSPER, *bas à Mariette.*

Je vas revenir.

PICTON.

Dieux de Dieux !... que j'ai donc mal à la tête !

ENSEMBLE.

PICTON.

Air :

Oui, vous pouvez m'en croire,
Je jure en ce moment
De ne plus jamais boire ;
Je tiendrai mon serment.

MARIETTE et PROSPER.

Je voudrais bien vous croire :
Quand vous jurez pourtant
De ne plus jamais boire,
Je doute du serment.

PICTON, *à Prosper.*

Allons, passe devant... Absalon ! (*Prosper et Picton sortent par le fond.*)

MARIETTE, *seule.*

Ce bon monsieur Prosper !... voilà une attention délicate de me donner sa serine. (*Regardant la cage.*) Tiens ! les v'là déjà qui sont bien ensemble... on dirait qu'ils causent...Avec tout ça il se fait tard... faut pas être paresseuse... je vas préparer le déjeûner d'André. (*Elle sort par la gauche.*)

SCÈNE IV.

ANDRÉ, *seul, tenant sa veste à la main.*

(*Musique. — Un battant de la porte de droite s'entr'ouvre André passe la tête ; voyant qu'il est seul, il court s'asseoir près de la table à gauche, prend une paire de ciseaux, découd légèrement un côté de sa veste, et y glisse un portefeuille qu'il tire de sa poche ; puis il enfile une aiguille et recoud vivement la veste, à peine a-t-il fini, que Picton entre par le fond bruyamment, et la musique s'arrête sur un forté.*)

SCÈNE V.

ANDRÉ, PICTON.

PICTON.

Bonjour, ma vieille !...

ANDRÉ.

Picton ! (*Il se lève vivement et met sa veste.*)

PICTON.

Il est passé le mal de tête !... Je viens de prendre le vin blanc... histoire de tuer le ver, hi ! hi ! hi !

ANDRÉ.

Tant mieux pour toi...

PICTON.

Dis-donc, petit, il y a des camarades qui nous attendent chez le distillateur... une régalade soignée.

ANDRÉ, *d'une voix brève.*

Merci, j'ai pas soif.

PICTON.

T'as pas soif ?... qu'équ' ça fait... Si on ne buvait que quand on a soif, y aurait plus de plaisir !... Allons, viens... rien qu'une tournée.

ANDRÉ.

J'ai pas soif, que je te dis...

PICTON.

Nous rirons un brin... puisque c'est pas nous qui paye...

ANDRÉ.

Je veux pas rire.

PICTON, *le prenant par sa veste pour l'entraîner.*

Allons, têtu, viens donc !...

ANDRÉ, *vivement et se dégageant.*

Touche pas... touche pas !...

PICTON.

T'as donc peur que je te détériore tes frusques.

ANDRÉ.

J'ai pas peur.. je veux que tu me laisses... v'là tout... (*Il remonte et passe à droite.*)

PICTON.

C'est bon, on s'en va. Je retourne trinquer avec les amis... je suis d'aplomb, à c' t'heure (*Criant à tue tête.*)

Gastibelza, l'homme à la carabine,
Parlait ainsi.

(*Se frottant les mains.*) On va donc casser le cou à quelques bouteilles !... J' vas t'y me remarier en secondes noces aujourd'hui !...) Va te promener la raison la morale et tout le bataclan !... Vive un litre à quinze !... vive le pichenet de l'amitié ! (*André va s'asseoir à droite..*)

REPRISE DU REFRAIN.

Glou, glou, glou, glou,
Ma chère bouteille,
Etc., etc.

(*Criant.*) A la fraîche ! qui veut boire ?... (*Il sort par le fond.*)

SCÈNE VI.

ANDRÉ, *seul, toujours assis avec une sorte de fièvre.*

Trente mille francs !... j'ai trente mille francs !... là... dans ma veste... je les sens... je les touche, je les tiens !... Quelle fortune !... Jamais, ah ! non, jamais, je n'avais vu tant d'argent !... et cet argent là... c'est du papier... de mauvais chiffons de papiers qu'on brûlerait avec une chandelle d'un sou... C'est bête, si vous voulez... mais je suis heureux de sentir mon cœur battre sur ce trésor-là... il me semble qu'il fait la petite causette avec les billets de banque... j'ai pas dormi d' la nuit... Trente mille francs !... (*Se levant.*) oh ! je les rendrai !... j' suis un honnête garçon, moi !... je lirai les *Petites-Affiches.* Je retrouverai le propriétaire... pardine... 'ca se retrouve toujours... Pourtant si je ne le retrouvais pas... dame !... si je le retrouve pas... Qu'est-ce que je ferais de trente mille francs ? Ah ! d'abord, j'achèterai un petit chapeau pour ma sœur... ça m'embête qu'elle sorte en bonnet... ça vous donne un air commun !... c'est ça, je lui achèterai un chapeau, un petit châle et des socques pour qu'elle se mouille pas les pieds... et puis, j'achèterai à papa, un grand manteau bien doublé, bien ouaté, pour qu'il soit chaudement... J'avais bien pensé à acheter une maison aux Champs-Élysées... mais faut... Eh ben ! qu'est-ce que je dis donc-là !... ce portefeuille... c'est pas à moi !... Allons, André, pas de faiblesse...

Air : *de la Sentinelle.*

Aujourd'hui mêm', je rendrai c' l'argent-là...
Car c' n'est pas la fortune que j'aime...
J'accomplirai mon devoir... et déjà,
Je suis joyeux, je redeviens moi-même !
Ça serait mal de balancer encor...

(*Il prend sa casquette sur la table à gauche.*)

Allons, sortons, courons rendr' c'te somme !...
L' travail, voilà le vrai trésor...
Je n' veux pas vendr' pour un peu d'or,
Ma conscience d'honnête homme !
Oui, d'honnête homme !

(*Il va pour sortir par le fond.*)

SCÈNE VII.

MARIETTE, ANDRÉ, puis MICHEL, puis PROSPER.

MARIETTE, *entrant par la gauche, et apportant une soupière.*

Tiens, André, voilà ton déjeuner.

ANDRÉ, *prenant la soupière.*

Ah ! ma soupe... au fait, je vas la manger... Oui, j'vas la manger, ma soupe !... (*il s'assied devant la table de gauche et mange.*)

MICHEL, *entrant vivement par le fond et allant voir à la fenêtre.*

Ils sont là !...

MARIETTE.

Tiens ! bonjour, père !

MICHEL, *préoccupé et regardant dans la rue.*

Bonjour, les enfants !... (*à part*), les v'là tous les deux, qui se promènent de long en large... comment sortir de là ? (*Il reste pensif accoudé à la fenêtre.*)

PROSPER, *entrant vivement par le fond.*

Mam'selle Mariette !... (*Voyant Michel et André.*) Oh !... bonjour père Michel, et la société.

ANDRÉ, *qui mange.*

Te v'là, toi...

PROSPER.

Oui... je viens de... je viens pour...

ANDRÉ, *gaiement.*

Tu viens de... tu viens pour... Je me doute ben pour qui tu viens, va...

GIBOULÉ, *dans l'escalier.*

Ah ! pendard, garnement ! je sais ben où que t'es...

PROSPER, *à part.*

Oh ! les organes de mon oncle qui montent l'escalier. (*Il remonte pour s'esquiver. — Giboulé, entre par le fond et l'arrête au passage.*)

SCÈNE VIII.

LES MÊMES, GIBOULÉ.

GIBOULÉ, *faisant redescendre Prosper.*

Ah ! le voilà ! j'en étais sûr !... C'est ainsi qu'au lieu de consacrer tes labeurs à la société qui te réclame, tu viens perdre ton temps à faire un marivaudage... saugrenu-z-et intempestif.

PROSPER, *bas.*

Taisez vous, mon oncle, taisez-vous.

GIBOULÉ.

Non... je ne me tairai pas... la société me décerne le droit d'émettre mes pensées.

ANDRÉ.

Quoi donc qu'il a le marchand de pépins ?

MICHEL, *quittant la fenêtre.*

Qu'est-ce que vous voulez, père Giboulé ?

GIBOULÉ.

Je veux... je veux, que je m'aperçois de choses qui ne me vont pas... mon neveu en conte à vot' fille... c'est une jeunesse bien élevée, je dis pas non ; mais ce mariage-là-z-est impossible.

TOUS.

Impossible ?

GIBOULÉ.

C'est pas pour vous offenser, père Michel... mais vous n'êtes pas riche, vous n'avez rien à donner à Mariette... et moi, j'ai de quoi, quoi !... La société doit conserver ses distances, au point de vue de la centralisation des races... faute de quoi, l'hydre de la révolution commence de se vautrer dans le gâchis de la licence avec votre permission. Pour lors, j'ai trois mille francs de côté, vous n'avez pas le sou... donc, nous ne pouvons pas conjoindre nos enfants respectifs... et voilà !

MICHEL.

Vous n'êtes qu'un vaniteux..!... (*Il retourne à la fenêtre.*)

ANDRÉ, *qui a quitté peu à peu sa soupe et qui a écouté, sans se lever.*)

Ah !... alors, pour les rendre heureux, il faudrait à Mariette...

GIBOULÉ.

Une dot, pas autre chose... Si elle avait seulement un billet de douze à quinze cents francs on verrait voir à voir...

ANDRÉ.

Ah !... faudrait quinze cents francs... (*Malgré lui, il froisse vivement de la main le côté de la veste où est le portefeuille.*)

GIBOULÉ.

Mais vous ne les avez pas... ainsi... par file à droite... Allons nous en.

PROSPER.

Mais, mon oncle...

MARIETTE.

Monsieur Giboulé...

GIBOULÉ.

Je n'écoute que la société qui me dit: Un neveu est le neveu de son oncle... vu que c'est écrit dans le code.

PROSPER.

Ainsi vous refusez votre consentement ?

GIBOULÉ.

Je refuse... moi, ton oncle.

PROSPER.

Oh ! mon oncle !...

GIBOULÉ.

De quoi ! tu doutes de la parenté de ton oncle, qui t'a vu naître... intrigant !... Mais c'est le sang des Giboulé qui circule dans tes veines.

PROSPER.

Vous ? mon oncle ? Allons donc !... vous êtes un oncle marâtre... vous êtes mon tyran !

GIBOULÉ, *levant sur lui le parapluie qu'il tient à la main.*

Malheureux !

MARIETTE.

Monsieur Giboulé !... (*Michel descend vivement.*)

MICHEL, *s'interposant.*

Eh bien, de ces scènes là chez moi !

GIBOULÉ.

Hé ! c'est de votre faute, aussi, père Michel !... c'est vous qui encouragez ces amours-là, pour que votre fille fasse un beau mariage... et...

MICHEL, *vivement.*

Assez... assez, père Giboulé, ou j'oublierais que vous êtes chez moi, et je vous enverrais par la fenêtre, fichtrâ !... (*Giboulé fait un mouvement, Michel continue.*) J'ignorais la chose des amourettes... je suis pas un richard comme vous, c'est vrai, et c'est moi qui défend à votre neveu de franchir ma porte !... (*Il fait passer Prosper près de Giboulé.*) Nous sommes de petites gens ; mais fichtrâ. (*Mariette le calme.*) Tenez, voilà que je m'emporte... Allons, Prosper, j'en suis fâché pour toi, mon garçon ; mais faut tourner les talons... (*Prosper remonte. — Passant près de Giboulé.*) Et vous, père Giboulé, apprenez à me connaître ; je suis le maître aussi chez moi... sortez !

GIBOULÉ, *un peu décontenancé.*

Mais, père Michel...

MICHEL.

Allons, plus d'explications... que tout soit fini. (*Il remonte avec Giboulé, qui cherche à l'apaiser.*)

PROSPER, *redescendant.*

Adieu, mam'zelle Mariette...

MARIETTE, *pleurant.*

Monsieur Prosper, puisque nous ne devons plus nous revoir... emportez votre serine.

PROSPER, *avec dignité.*

Non, Mariette... ces volatiles ne doivent point entrer dans les querelles intestines de nos parents... ça ne les regarde pas... ils sont heureux... ils mangent le mouron de l'insouciance et le chènevis de la félicité... ils sont heureux les serins... et moi, moi... mais je n'ai pas longtemps à souffrir... car je sens que je suis poitrinaire...

GIBOULÉ, *redescendant près de Prosper.*

Toi, mon garçon...

PROSPER, *très-froid.*

Je ne suis le garçon de personne.... Adieu, Mariette, pensez à moi ! (*Lui prenant la main.*) Quand vous verrez tomber, tomber les feuilles mortes, si vous m'avez aimé, vous prierez Dieu pour moi.

MARIETTE, *sanglotant.*

Oui, monsieur Prosper, je vous le promets. (*Elle tombe assise à droite. — Michel vient à elle.*)

GIBOULÉ.

Mon neveu... mon garçon, tu n'aimes donc plus ton oncle ?...

PROSPER.

Je vous aime comme marchand de parapluies... mais comme frère de l'auteur de mes jours, je ne vous ai aucune obligation... Si vous êtes mon oncle, ça n'est pas de votre faute, vous ne l'avez pas fait exprès.

MICHEL, *consolant Mariette.*

Ma pauvre petite Mariette ! (*Il essuie une larme. — André s'est levé et a remonté.*)

PROSPER.

Adieu ! adieu ! tout le monde !... (*Musique.*)

ANDRÉ, *très-ému.*

Arrêtez !

TOUS, *s'approchant de lui.*

Comment !

ANDRÉ, *à Prosper.*

Pour le bonheur de ma petite sœur et pour le tien, il faudrait...

GIBOULÉ.

Quinze cents francs...

ANDRÉ, *tortillant le coin de sa veste.*

Quinze cents francs !... ah ! ah !... mais c'est rien, ça... c'est pas une somme... quinze cents francs... (*Riant.*) La belle affaire !...

GIBOULÉ.

T'as donc dévalisé un coche ?

ANDRÉ, *vivement.*

Moi ? non !... je suis honnête... je n'ai rien... mais pour le bonheur de Mariette... dame !... Il me semble que je devrais... que je pourrais... (*Avec force.*) Non, non, je peux pas, je peux pas !... (*Il repasse à gauche et tombe assis sur une chaise.*)

GIBOULÉ.

C'était pas la peine de nous arrêter pour ça.

PROSPER, *remontant.*

Adieu, tout le monde !... mon oncle, vous me retrouverez aux filets de Saint-Cloud ! (*Il sort par le fond.*)

GIBOULÉ.

Ciel !... Prosper, mon garçon... arrête ! (*Il s'élance vivement à la poursuite de Prosper. — On l'entend crier dans l'escalier.*) Parapluies ! chand de parapluies !... (*André se lève et va s'appuyer contre le buffet, au fond.*)

SCÈNE IX.

ANDRÉ, MICHEL, MARIETTE.

MICHEL, *à Mariette.*

Allons... console-toi... ma petiote... tu en retrouveras des maris.

MARIETTE, *pleurant.*

Oui, papa... c'est égal, ils ne seront pas aussi jolis que celui-là...

MICHEL.

Sors, ça te distraira.

MARIETTE.

Oui papa. (*Elle prend son éventaire qu'elle attache, pleurant et criant.*) Un sous l' tas, la reinette !... adieu, papa !... (*Pleurant plus fort.*) Un sous l' tas, la reinette, un sous l' tas !...) Elle sort par le fond. — Michel va s'asseoir à droite.*)

SCÈNE X.

ANDRÉ, MICHEL.

ANDRÉ, *à part.*

Pauvre sœur ! (*Haut.*) Dites donc, papa, pourquoi donc que vous ne sortez pas ?

MICHEL, *assis.*

Pourquoi ?... écoute... (*André s'approchant de lui.*) André, t'as vingt ans... tu es un homme... on peut te dire les choses sérieuses... j'ai pas eu de chance, mon garçon... mon petit come rce de charbons a mal été... un créancier m'a fait signer une chose qu'on appelle une lettre de change... et si je sortais...

ANDRÉ, *inquiet.*

Eh bien ?

MICHEL.

Il y a deux hommes dans la rue qui ont l'ordre de m'arrêter, et de me conduire en prison.

ANDRÉ, *se mettant à genoux devant lui.*

Vous, papa... dans une prison... mais c'est impossible... vous qu'êtes vieux, vous qu'êtes honnête homme... vous séparer de vos enfants.

MICHEL.

Il le faut mon garçon... mais j'aurai du courage.

ANDRÉ.

Oh ! tout ça, c'est ma faute.

MICHEL.

Ta faute... à toi...

ANDRÉ.

Oui, par moments j'ai flâné, j'ai ri... j'aurais dû travailler encore plus, c'est les jeunes qui doivent bûcher... J'ai fait ce que j'ai pu... faut pas m'en vouloir, papa, faut pas m'en vouloir !... (*Il se jette en pleurant dans les bras de son père, qu'il embrasse.*)

MICHEL.

Allons, mon garçon... du calme...

ANDRÉ.

Et vous devez... beaucoup sans doute !

MICHEL.

Je crois bien... douze cents francs...

ANDRÉ, *se levant.*

Hein !

MICHEL, *prêtant l'oreille et se levant vivement.*

Attends !... (*Il va regarder à la fenêtre.*)

ANDRÉ, *à lui-même.*

Douze cents francs !... j'ai vingt-cinq fois cette somme... elle est là... là... qui sautille dans ma doublure... elle a l'air de me dire : me voilà... prends-moi, prends-moi pour ton père qui irait en prison sans ça !... Et puis, l'homme qui a perdu ce portefeuille doit être riche... faut être riche pour perdre... Il me semble que je pourrais...

MICHEL, *quittant la fenêtre.*

Et quand je pense qu'hier, j'aurais pu me tirer de là !...

ANDRÉ, *vivement.*

Comment ?

MICHEL.

Oui... j'ai trouvé dans la rue une bourse où il y avait tant de pièces d'or, tant de pièces d'or que ça faisait au moins la somme !...

ANDRÉ.

Eh bien !... vous étiez sauvé ?...

MICHEL.

Allons donc ! j'ai porté ça au commissaire... Garder une heure le bien d'autrui... j'aimerais mieux mourir de faim !

ANDRÉ.

Ah ! (*Il reste l'œil fixe, les bras pendants.*)

MICHEL.

Oh ! les amis !... J'en avais un... Durand... qu'est venu avec moi à Paris... mais il a fait fortune... J'ai eu beau lui écrire... il ne m'a pas répondu, il m'a oublié...

ANDRÉ, *avec une fièvre croissante.*

Oh ! faire son devoir, c'est stupide ! Qu'est-ce qui vous en tient compte ?... Personne ! personne !...

MICHEL.

Si, mon garçon... la Providence est là...

ANDRÉ.

La Providence... vous y croyez... la Providence qui nous abandonne tous.

MICHEL.

Faut attendre, mon garçon... on ne sait pas... elle monte peut-être l'escalier !...

SCÈNE XI.

LES MÊMES, MARIETTE, puis PAUL DURAND.

MARIETTE, *entrant par le fond.*

Père !... père !... voici un monsieur qui te demande !... (*Elle va à son frère.*)

PAUL, *entrant par le fond.*

Monsieur Michel, s'il vous plaît ?

MICHEL.

C'est moi.

PAUL.

Je m'appelle Paul Durand ; je suis le fils de votre vieil ami Durand.

MICHEL.

Durand !... un ingrat qui m'a oublié !

PAUL.

Non, monsieur Michel... la preuve, c'est que me voilà.., la preuve, c'est qu'il vous a écrit... *(Lui donnant une lettre.)* Tenez...

MICHEL, *ouvrant la lettre.*

Son écriture !... *(Lisant.)* « Mon bon Michel, j'arrive de « voyage... je trouve ta lettre... elle me prouve que, dans le « commerce, la probité ne suffit pas toujours pour être heu-« reux. Au nom de notre vieille amitié, permets-moi de te ve-« nir en aide... » *(Il trouve trois billets de banque sous le pli de la lettre.)* Et là... trois billets de mille... *(les tendant à Paul.)* Oh !

PAUL.

Acceptez sans crainte, monsieur Michel... les braves gens sont faits pour se donner la main... D'ailleurs, cet argent, que je vous apporte, n'est pas un don que mon père vous fait... vous le lui rendrez un jour... votre commerce reprendra... vos enfants sont jeunes... ils travailleront... *(Allant prendre la main de Mariette et d'André.)* N'est-ce pas, mes amis ?

ANDRÉ.

Oh ! oui !...

MARIETTE.

Vous pouvez accepter, père !...

MICHEL.

Allons... puisque vous le voulez tous... *(Serrant la main de Paul.)* Merci, monsieur Paul !...

PAUL.

A bientôt, mes amis !... *(Saluant Mariette.)* Mademoiselle !... *(Il fait quelques pas pour sortir.)*

MICHEL.

Vous nous quittez comme ça ?

PAUL.

Une affaire importante me réclame... mais je vous reverrai, monsieur Michel, je vous reverrai !

MICHEL.

Je l'espère bien... Au revoir, monsieur Paul... *(Paul sort par le fond. — André tombe assis sur une chaise à droite et cache sa figure dans ses mains.)*

SCÈNE XII.

MICHEL, MARIETTE, ANDRÉ.

MICHEL, *sautant par la chambre.*

Ah ! cristi ! que je suis content !... *(Donnant un billet de banque à Mariette.)* Tiens, ma fille, voilà ta dot.

MARIETTE, *toute joyeuse, courant à la fenêtre.*

Ah ! quel bonheur !... Si monsieur Prosper pouvait savoir !

MICHEL, *allant à André qui est toujours assis et qui pleure.*

Eh ben, et toi, André, qu'est-ce que tu fais là ?... Tu pleures ?...

ANDRÉ.

Je vous demande pardon, à vous... car j'ai douté lorsque vous aviez confiance... car j'ai commis une mauvaise action...

MICHEL, *étonné.*

Une mauvaise action !... et laquelle donc ?

ANDRÉ, *se levant.*

Non ! ne me le demandez pas, papa ! Je ne veux pas rougir devant vous !

MICHEL.

Rougir ?... et de quoi donc ?

ANDRÉ.

Rien... donnez-moi de l'argent que je le porte à ceux qui devaient vous faire arrêter.

MICHEL, *lui donnant les deux autres billets de banque.*

Tiens, mon garçon... attends... je vais te donner l'adresse... *(Il va à la cheminée.)*

ANDRÉ, *à part.*

Ah ! cristi !... que je suis content !... *(Tapant sur sa veste.)* Et je le serai bien plus dans une heure... quand je n'aurai plus ça... Oh ! que ça me pèse maintenant !... que c'est lourd !... on dirait que c'est en gros sous !...

MICHEL, *lui donnant une adresse.*

Tiens !... monsieur Coquelet, homme d'affaires, rue Bourbon-Villeneuve.

ANDRÉ.

Bien... bravo !... Je vous rapporterai votre monnaie... allez...

MARIETTE.

Et moi qui avais vu ce matin une araignée...

ANDRÉ, *l'embrassant.*

Les araignées !... c'est des bêtises !... *(A Michel.)* Rue Bourbon-Villeneuve... *(A lui-même.)* Et, de là, chez le commissaire de police... *(Au moment où il va sortir, le père Picton entre par le fond. — Il tient une bouteille.)*

SCÈNE XIII.

LES MÊMES, PICTON.

PICTON, *complètement ivre.*

Je suis un honnête homme, moi !... A la santé des marchands de vin !... *(Il boit à même la bouteille en chancelant. — Un des robinets de sa fontaine est ouvert et laisse couler le coco. — Michel et Mariette le regardent en riant. — André sort vivement par le fond. — Le rideau tombe.)*

Fin du deuxième acte.

ACTE III.

Troisième Tableau.

Un salon à pans coupés. — Porte au fond ; une autre porte dans le pan coupé de droite, et une troisième à droite, au deuxième plan. — Dans le pan coupé de gauche, une fenêtre donnant sur la rue. — A gauche, au deuxième plan, une cheminée avec pendule et vases de fleurs. — A droite, au premier plan, un piano. — Au fond, de chaque côté de la porte, deux consoles avec vases du japon et statuettes. — A gauche, sur le devant, un guéridon avec papiers, plumes et encre ; plus un dossier. — Tableaux. — Fauteuils. — Ameublement confortable.

SCÈNE I.

MADAME COQUELET, COQUELET, ANASTASIE, puis FRANÇOISE.

(Au lever du rideau, Anastasie est au piano et fait des gammes. — Madame Coquelet arrange des fleurs dans des vases placés sur la cheminée. — Coquelet est dans un fauteuil et réfléchit.)

COQUELET, *à lui-même.*

Oh ! la bourse !... la bourse !... Enfer maudit !... Plus d'espoir que dans la fuite... et partir les mains vides !...

FRANÇOISE, *entrant par le fond.*

Monsieur, v'là la chose de la bourse... *(Elle remet un papier à Coquelet.)*

COQUELET, *vivement.*

Ah ! la cote !... *(Y jetant les yeux.)* Encore de la hausse ? *(La jetant.)* Hé ! que m'importe à présent !... *(Il se lève.)*

FRANÇOISE, *qui allait sortir, revenant.*

Ah !... madame... y a plus de sucre...

MADAME COQUELET.

Achetez-en...

FRANÇOISE.

Ni d'huile pour la lampe...

MADAME COQUELET.

Achetez-en...

FRANÇOISE.

Achetez-en... achetez-en... C'est que l'épicier...

COQUELET.

Demandez-lui sa note... *(A lui-même.)* Ça le fera toujours attendre.

FRANÇOISE.

Y a pas besoin de lui demander... v'là quinze jours qu'il me la remet tous les matins.

COQUELET.

C'est bien... Dites-lui qu'on le paiera demain... Allez.... (*Françoise sort par le fond.*) Anastasie !...

ANASTASIE, *essayant de faire des gammes.*

Mon papa ?

COQUELET, *se promenant avec agitation.*

Tais toi... tu me fatigues.

ANASTASIE, *se levant.*

Oui, mon papa.

COQUELET, *se trouvant en face d'elle et la regardant.*

Pourquoi n'as-tu rien mis dans tes cheveux ?

ANASTASIE.

Que voulez-vous que je mette ?

COQUELET.

Ce que tu voudras... des rubans... des fleurs... des fruits..

ANASTASIE, *riant bêtement.*

Ah ! papa !...

COQUELET.

C'est très-bien porté... vas mettre quelque chose... (*A Anastasie qui se dirige vers la porte de droite.*) Ah ! as-tu repassé ta grande valse ?

ANASTASIE.

Oui, mon papa.

COQUELET.

Bravo !... ce soir, si je te demande de nous improviser quelque chose, tu la joueras...

ANASTASIE.

Oui, mon papa. (*Elle sort par la première porte de droite. — Madame Coquelet a remonté et passé à droite.*)

SCÈNE II.

COQUELET, MADAME COQUELET, puis ANASTASIE.

MADAME COQUELET.

Mon Dieu, monsieur Coquelet... qui attendez-vous donc que vous cherchez tant à faire briller notre fille ce soir ?

COQUELET, *à part.*

Ah ! qu'elle ignore jusqu'au dernier moment... (*Haut.*) Mais je vous l'ai dit... quelques intimes et en outre... le fils d'un de mes correspondants de province... monsieur Paul Durand...

MADAME COQUELET.

Un jeune homme ?

COQUELET.

Vingt-huit ans.

MADAME COQUELET.

Riche ?

COQUELET.

Très-riche.

MADAME COQUELET, *allant à la première porte de droite et appelant.*

Anastasie !

ANASTASIE, *en dehors.*

Maman !

MADAME COQUELET.

Tu trouveras des roses artificielles sur la cheminée, tu peux les mettre... (*Rentrant à Coquelet.*) Une guirlande que j'avais commandée pour moi... vous voyez, je me dévoue...

COQUELET, *préoccupé.*

Merci...

MADAME COQUELET.

Hippolyte, depuis quelques jours tu es soucieux... tu rêvasses la nuit... Je parie que tu joues à la baisse...

COQUELET.

Eh bien ! oui ; mais ne t'inquiète pas... J'ai des ressources. . un homme comme moi a toujours des ressources... Quand on est dans les affaires... qu'on possède des amis...

MADAME COQUELET.

Oh ! les amis !...

COQUELET.

Du crédit... une certaine habileté... Rappelles-toi *Mercadet... Mercadet,* du Gymnase...

MADAME COQUELET.

Bel exemple que vous me citez toujours. (*En disant cela, elle retourne à la cheminée.*)

COQUELET.

La plus jolie pièce que j'aie vue, depuis Robert Macaire ! C'est le chef-d'œuvre de monsieur de Balzac !... Quel homme que ce Mercadet !... quel génie !... comme il retombe toujours sur ses pieds ! O Mercadet, tu es mon maître !... et je suis digne de toi !...

MADAME COQUELET.

Oui... mais vous oubliez que c'est un filou...

COQUELET.

Un filou !... d'abord le Gymnase ne joue que des pièces morales... Ensuite, habitue-toi donc à faire la différence entre un filou et un... en... enfin... un autre homme... Celui qui se fait confier de l'argent... sans le demander... seulement par la confiance qu'il inspire... Eh bien !... celui-là, n'est qu'un homme habile... même quand il ne le rend pas...

MADAME COQUELET.

C'est drôle !... je ne vois pas de différence !...

COQUELET.

C'est au dessus de l'intelligence des femmes... Parlons d'autre chose...

MADAME COQUELET.

Et vous dites que ce jeune homme viendra aujourd'hui ?

COQUELET.

A cinq heures et demie...

ANATHASIE, *rentrant avec des fleurs dans les cheveux.*

Là !... suis-je bien comme ça ? (*Madame Coquelet va à sa fille.*)

COQUELET.

Très-bien !... Et surtout, ne te laisse pas intimider... parle beaucoup, ma fille... musique... littérature... équitation... que l'on ne s'aperçoive pas que tu es stupide.

ANASTASIE.

Oui, mon papa... (*Elle va au piano avec sa mère, qui lui arrange sa toilette.*)

COQUELET, *à lui-même.*

Il n'y avait pas à hésiter... on commençait à savoir ma déconfiture... on se serait opposé à mon départ... mais un dîner splendide, une brillante soirée jetteront de la poudre aux yeux... et profitant du tumulte de cette réunion, à minuit, un wagon première classe me transporte en Belgique... La Belgique, cette terre hospitalière des gens intelligents qui n'ont pas eu de chance !...

FRANÇOISE, *entrant par le fond et annonçant.*

Monsieur Paul du... (*à Paul qui entre.*) Comment que vous dites ?

COQUELET, *allant au devant de lui.*

Durand... ce cher monsieur Durand !

(*Françoise, sort par le fond.*)

SCÈNE III.

PAUL, COQUELET, MADAME COQUELET, ANASTASIE.

COQUELET, *à Paul.*

Permettez-moi de vous présenter ma femme et ma fille... (*Paul salue en passant près de madame Coquelet.*)

MADAME COQUELET, *à part.*

Il est très-bien.

PAUL.

Ma foi, mon cher monsieur Coquelet... j'ai cru un moment qu'il me serait impossible d'accepter la gracieuse invita...on que m'aviez adressée.

MADAME COQUELET.

Ah ! nous aurions été désolés... (*Bas à Anastasie.*) Dis quelque chose.

ANASTASIE, *très-intimidée.*

Oui, maman.

COQUELET, *à Paul.*

Et la raison, je vous prie ?

PAUL.

Des courses... des démarches que j'ai été obligé de faire pendant toute la journée... une affaire malheureuse qui m'est arrivée hier...

COQUELET.

Bah !... qu'est-ce donc ?

PAUL.

Nous en causerons après dîner... peut-être même pourrez-vous m'être utile... Une perte considérable que j'ai faite... et que je ne sais comment annoncer à mon père...

COQUELET, à part.

Diable !... il aura joué.

FRANÇOISE, paraissant à la porte du fond.

Madame, v'là tout vot' monde qui grimpe l'escalier. (Elle disparait.)

COQUELET, à part.

Cette fille a une manière d'annoncer... (A Paul.) Excusez-moi, mon cher ami ; mais j'ai renvoyé hier mon domestique... (Passant près de sa femme, bas.) Tu ne pouvais pas dire au concierge de monter...

MADAME COQUELET, bas à Coquelet.

Il n'a pas d'habit.

COQUELET, bas.

On en loue... (Haut à Paul.) Vous permettez ?...

PAUL.

Faites-donc !

(Coquelet remonte et va recevoir les invités, qui commencent à paraître au fond, en dehors.)

MADAME COQUELET, bas à Anastasie.

Cause un peu...

ANASTASIE.

Oui, maman. (Madame Coquelet remonte aussi et rejoint son mari.)

PAUL, se rapprochant d'Anastasie.

Vous êtes musicienne, mademoiselle ?

ANASTASIE.

Oui, monsieur.

PAUL.

Avez-vous le nouvel album d'Henrion ?

ANASTASIE.

Non, monsieur.

PAUL.

Voudrez-vous me permettre de vous l'offrir ?

ANASTASIE.

Oui, monsieur.

PAUL.

Je chante un peu... Quel plaisir, mademoiselle, de faire ensemble un peu de musique !... Aimez-vous la musique italienne ?

ANASTASIE, niaisement.

Oh ! vous me dites des bêtises... (Elle s'éloigne de lui.)

PAUL, interdit.

Hein ! (A part.) Ah ! ça, mais c'est une grue que cette demoiselle...

(Monsieur et madame Coquelet entrent avec les invités.)

SCÈNE IV.

LES MÊMES, INVITÉS.

CHOEUR.

Air de la polka de *Paris l'été.* (J. NARGEOT)

Lorsque l'amitié nous convie,
Empressons-nous tous d'accourir :
Le vrai bonheur, dans cette vie,
N'est-il pas de se réunir ?
Ensemble fêtons le plaisir !

COQUELET.

A table réunis,
En causant, mes amis,
Nous trouverons, je crois,
Deux plaisirs à la fois.

CHOEUR.

C'est charmant !
C'est charmant !
Et quel agrément
D'obéir, vraiment !
Lorsque l'amitié nous convie, etc.

(Sur la reprise du chœur, tous les invités, Paul donnant le bras à Anastasie, sortent par la porte du pan coupé à droite. — Au moment où Coquelet, qui est resté le dernier, va sortir, Françoise paraît à la porte du fond.)

SCÈNE V.

FRANÇOISE, COQUELET.

FRANÇOISE.

Monsieur... en v'là encore un.

COQUELET.

Un quoi !

FRANÇOISE.

Un homme !

COQUELET.

Je n'attends plus personne... dis que je suis occupé... que je vais me mettre à table...

FRANÇOISE.

Y dit comme ça qu'il a de l'argent à vous remettre.

COQUELET, qui allait sortir, s'arrêtant sur le seuil de la porte.

De l'argent !... qu'il entre !... (A madame Coquelet qui paraît à la porte du pan coupé à droite.) Je vous rejoins... une affaire très-pressée... de l'argent... (Madame Coquelet disparaît.)

FRANÇOISE, introduisant André.

Entrez, petit...

ANDRÉ, entrant par le fond.

Ah ! c'est pas malheureux !... (Françoise sort par le fond.)

SCÈNE VI.

ANDRÉ, COQUELET.

COQUELET, à part.

Un homme en veste !...

ANDRÉ, saluant.

Pardon.., excuse... c'est ben vous qu'êtes monsieur Coquelet ?...

COQUELET.

Après ?... que me voulez vous ?... que désirez-vous ?

ANDRÉ.

Pour lors, c'est ben vous qui faites poursuivre le père Michel ?

COQUELET.

Michel... qu'est-ce que c'est que ça ?

ANDRÉ.

Ça ?... c'est mon père... un honnête homme de charbonnier, qu'a pas eu d'chance dans son commerce d'eau claire.

COQUELET.

Eh bien !... après ?... il sera demain à Clichy.

ANDRÉ.

A Clichy ?... vous croyez ça, vous ?... eh bien ! pas du tout... demain y s'ra ben gentiment dans sa boutique à vendre son charbon et à débiter son eau filtrée... ça vous la coupe, mon petit père... mais c'est comme ça... je viens payer pour lui.

COQUELET.

Toi ?...

ANDRÉ.

Combien qu'y doit, le père Michel ?

COQUELET.

Eh bien !... il doit douze cents francs.

ANDRÉ, tirant des billets de banque de sa poche.

Les v'là !... (Sur un mouvement de Coquelet, qui veut les prendre.) Oh !... minute... votre reçu, d'abord... (A lui-même, pendant que Coquelet va au guéridon pour signer.) Avec ces oiseaux-là, faut toujours se délier.

COQUELET, *s'asseyant auprès du guéridon, à gauche,*
et consultant un dossier.

Et les frais... qui est-ce qui les paie?...

ANDRÉ.

Quels frais?

COQUELET.

Eh bien! les frais d'huissier... d'avoué... de papier timbré... que sais-je?

ANDRÉ.

Ah! oui... comme qui dirait la sauce... je paie tout... Faut que demain, le père Michel ne doive plus un sou à âme qui vive... Pour combien qu'y en a d' la sauce?

COQUELET, *regardant un papier du dossier.*

Pour cinq cent vingt francs.

ANDRÉ.

Bigre!... c'est salé... N'importe, mettez tout ensemble. (*Il compte de l'argent.*)

COQUELET, *écrivant.*

Il a donc fait un héritage, le père Michel?

ANDRÉ.

Mieux que ça... Il a retrouvé un ami... un vrai ami qui l'a sauvé... et qui m'a empêché de faire une mauvaise action... car je crois que je l'aurais faite... Ah! dame!... c'est dur... penser que son père va être mis en prison pour douze cents malheureux francs, quand on a là, dans sa poche, trente mille francs.

COQUELET, *se levant vivement.*

Trente mille francs!

ANDRÉ, *étonné.*

Qu'est-ce que vous avez donc?

COQUELET, *se rasseyant.*

Moi?... rien... Voilà le reçu. (*Il continue à écrire.*)

ANDRÉ.

V'là votre argent... (*Continuant de parler, en lui comptant les billets de banque.*) C'est une histoire à moi... un portefeuille que j'ai trouvé pas plus tard qu'hier soir... rue Saint-Denis... pas une lettre... pas une adresse... rien que trente billets de banque. (*En disant ces derniers mots, il donne l'argent à Coquelet, qui lui remet le reçu.*)

COQUELET, *se levant.*

(*A lui-même.*) Trente mille francs!... O Mercadet, inspire moi!... (*Haut à André qui va pour sortir.*) Un moment... ton récit m'intéresse plus que tu ne peux croire...

ANDRÉ.

Eh! ben... v'là tout... ce qui fait que ne sachant qui les a perdus je vais de ce pas les porter au commissaire de police. (*Fausse sortie.*)

COQUELET, *à lui-même.*

Pas une lettre!... pas une adresse!... je ne partirai pas les mains vides!... (*Haut, et ému.*) Ah! mon ami!... mon brave ami!...

ANDRÉ, *très-étonné et revenant à Coquelet.*

Quoi donc?...

COQUELET.

Si tu savais... ces trente mille francs... c'est moi... c'est moi, qui les ai perdus...

ANDRÉ.

Ah! bah!...

COQUELET.

J'étais ruiné... je voulais mourir... mais tu me sauves... Tu me rends la vie!...

ANDRÉ.

En v'là un hasard!... Comment... c'est vous qui avez perdu ces trente mille francs?...

COQUELET.

En billets de banque...

ANDRÉ.

Hier!

COQUELET.

Hier...

ANDRÉ.

Rue Saint-Denis?

COQUELET.

Rue Saint-Denis.

ANDRÉ.

Dans un portefeuille vert?...

COQUELET.

Dans un portefeuille vert.

ANDRÉ.

Vous avez dû être joliment effrayé de le perdre.

COQUELET, *triomphant.*

Je crois bien...

ANDRÉ.

Eh ben, le portefeuille a été plus effrayé que vous... car il est devenu rouge... (*Il lui montre le portefeuille.*)

COQUELET, *interdit.*

Rouge!

ANDRÉ.

Ah! vous n'êtes pas plus mariole que ça, vous!... et ça se mêle de poursuivre les honnêtes gens qui ne peuvent pas payer...

COQUELET.

Ce portefeuille ne m'appartient pas, il est vrai... mais je connais la personne qui l'a perdu.

ANDRÉ.

Vraiment?... Eh ben, faudra lui dire qu'elle le réclame au commissaire de police, et qu'elle ne se trompe pas de couleur comme vous. (*Remettant le portefeuille dans sa poche.*) Tiens! faudra que je lui raconte votre histoire, au commissaire de police... ça l'amusera c't' homme!... (*Il remonte.*)

COQUELET, *remontant aussi.*

Tu oserais?...

ANDRÉ, *redescendant.*

Avec ça que je vais me gêner!... voyez-vous, monsieur l'honnête homme! j'vas prendre des gants pour raconter son histoire! mais c'est à dire que je vais la crier partout!...

COQUELET, *à part.*

Je suis perdu!

ANDRÉ.

Ah! vous vouliez faire coffrer p'pa, vous... à bientôt (*Il remonte pour sortir.*)

COQUELET, *à part.*

De l'aplomb!... (*Haut, et allant barrer la porte du fond.*) Tu ne sortiras pas!

ANDRÉ, *étonné.*

Comment!... je ne sortirai pas!

COQUELET.

Et nous allons voir lequel de nous est le filou!...

ANDRÉ, *riant.*

Peut-être ben que c'est moi...

COQUELET, *avec force.*

Oui, c'est toi!... car depuis hier que tu as trouvé ce portefeuille... tu l'as gardé!...

ANDRÉ.

Hein?

COQUELET.

Tu pouvais le rapporter hier... ce matin... tu n'en as rien fait... si tu le rapportes ce soir, c'est que tu as peur que je ne te dénonce... or, il y a une loi, mon cher... une loi qui punit sévèrement celui qui garde un objet trouvé...

ANDRÉ.

Qu'est-ce qu'il dit donc?... mais oui... c'est vrai.. ce portefeuille... je l'ai gardé pendant vingt-quatre heures... et je n'en ai rien dit à personne... pas même à mon père... et je l'ai caché!... on peut me soupçonner...

COQUELET, *l'observant.*

Ah! tu veux aller chez le commissaire de police!... Eh bien! moi, je vais envoyer chercher la garde!...

ANDRÉ, *passant à droite.*

La garde!

COQUELET, *appuyant.*

On t'arrêtera!... on te fouillera!...

ANDRÉ.

M'arrêter!

COQUELET.

Oui!

ANDRÉ.

Me fouiller!

COQUELET.

Oui !... et comme on trouvera l'argent sur toi, on verra bien que tu es le voleur.

ANDRÉ, *perdant la tête.*

Un voleur! moi !... (*Tirant vivement le portefeuille de sa poche.*) ah ! ben !... c'est possible qu'on me fouille... mais on ne trouvera rien !... (*Passant à gauche.*) Ce portefeuille... tenez !... (*Il le jette par la fenêtre.*)

COQUELET, *se précipitant vers la fenêtre.*

Malheureux !

ANDRÉ, *repassant à droite.*

Eh ben ! tant pis !... ce que je n'ai pas fait hier... un autre le fera peut-être aujourd'hui... Ce portefeuille... qu'un honnête homme le ramasse !...

COQUELET, *courant à la porte du fond et appelant.*

Françoise ! Françoise !... (*Allant à la porte du pan coupé à droite.*) Anastasie ! Anastasie !...

PICTON, *en dehors.*

A la fraîche, qui veut boire ?...

(*Françoise accourt par le fond. — Paul, madame Coquelet, Anastasie et les invités arrivent précipitamment par la porte du pan coupé à droite.*)

SCÈNE VII.

FRANÇOISE, PAUL, COQUELET, MADAME COQUELET, ANASTASIE, ANDRÉ.

TOUS.

Qu'y a-t-il?

COQUELET.

Qu'on descende !... qu'on cherche !... Si vous saviez !... (*Montrant André.*) Ce misérable... qui vient de jeter trente mille francs par la fenêtre !...

TOUS.

Ah !... (*Françoise et tous les hommes sortent vivement par le fond. — Madame Coquelet, Anastasie et les femmes se précipitent à la fenêtre.*)

COQUELET.

Un portefeuille qu'il avait trouvé hier... rue Saint-Denis...

PAUL, *avec éclat.*

Trente mille francs !... rue Saint-Denis ?...

ANDRÉ, *le reconnaissant.*

Monsieur Paul !

PAUL, *allant à André.*

André !... mais c'est à moi qu'ils appartenaient !... Trente mille francs dans un portefeuille rouge !...

ANDRÉ.

Ah ! malheureux !... qu'ai je fait ?... Venez !... venez !... (*Musique à l'orchestre. — Il se précipite avec Paul, par la porte du fond.*)

MADAME COQUELET, *à la fenêtre.*

Personne dans la rue!

PICTON, *en dehors, très-éloigné.*

A la fraîche, qui veut boire?... (*Coquelet est tombé sur un fauteuil. — Le rideau baisse.*)

Fin du troisième Tableau.

Quatrième Tableau.

Un restaurant de la barrière. — Au fond, une haie avec une porte au milieu. — A gauche, au troisième plan, l'entrée d'un pavillon, sur la porte duquel est écrit : SALON DE 80 COUVERTS. — Au-dessus de la porte du fond, on voit une enseigne représentant un lapin debout sur les pattes de derrière, et faisant un pied de nez à un cuisinier. — Au-dessous, ces mots : AU LAPIN QUI SE REBIFFE. — A droite, en face du pavillon, une autre entrée, au-dessus de laquelle on lit : ENTRÉE DES CUISINES. — Tables, chaises. — Au fond, au delà de la haie, la campagne.

SCÈNE I.

UN GARÇON.

(*Au lever du rideau, la scène est vide.*)

CHŒUR dans la coulisse de gauche.

Air du *Quadrille espagnol.*

Buvons, amis, buvons avec courage
Au mariage
Qui les engage !
Plus les convives sont joyeux,
Et plus les époux sont heureux !

UNE VOIX, *dans la coulisse*

A la santé de la mariée !

TOUS, *de même.*

A la santé de la mariée !

UN GARÇON, *sortant des cuisines, à droite, un plat à la main.*

S'en donnent-ils ! s'en donnent-ils !... (*Léchant un doigt qu'il a trempé dans la sauce.*) Cristi ! c'est soigné...

VOIX, *dans la coulisse.*

Garçon ! garçon !...

LE GARÇON.

Voilà ! voilà ! (*Léchant ses doigts.*) Soigné !... (*Le garçon entre dans le pavillon à gauche.*)

REPRISE DU CHŒUR dans la coulisse.

Buvons, amis, buvons au mariage, etc.

SCÈNE II.

PAUL, puis ANDRÉ.

Pendant la reprise du chœur, Paul a paru au fond, et est entré en regardant l'enseigne.

PAUL, *seul.*

Au Lapin qui se rebiffe !... C'est bien ici que se fait la noce de Mariette... la fille du père Michel !... J'ai promis d'y assister... et j'y viens... mon cœur n'est guères à la gaîté cependant... Depuis quinze jours, impossible de retrouver ce portefeuille... André croit qu'il m'a été rapporté !... Pauvre garçon ! il était si triste, si désespéré que j'ai dû lui faire ce mensonge !... Ces braves gens le croient aussi... je n'ai pas voulu troubler leur bonheur... et c'est après demain le quinze... le jour d'échéance de mon père... J'avais compté sur monsieur Coquelet... le malheureux a fui en Belgique... mais mon père !... que va-t-il devenir ?... Il faut pourtant que je me décide à lui apprendre cette fâcheuse nouvelle... (*tirant une lettre de sa poche.*) Je lui ai écrit... mais j'hésite à mettre cette lettre à la poste... attendons encore... jusqu'à ce soir. (*il se dirige vers la gauche... André sort du pavillon.*)

ANDRÉ, *à la cantonade.*

J'vas prendre l'air... faites pas attention... (*à lui-même.*) C'est vrai !... avec leur salon de quatre-vingts couverts, nous ne sommes que vingt, et y en a la moitié d'assis sur la table... (*apercevant Paul.*) Tiens, monsieur Paul...

PAUL, *lui donnant la main.*

Bonjour, André...

ANDRÉ.

Qu' c'est donc gentil, à vous, d'être venu...

PAUL.

Ne vous avais-je pas promis de venir assister à votre bonheur...

ANDRÉ.

Et vous avez bien fait, car ce bonheur-là c'est à vous que nous le devons... ou plutôt à votre excellent homme de père... Aussi qué bénédictions... qué *taost* en son honneur... y a déjà pus de quarante bouteilles à quinze à qui qu'on a cassé le goulot pour le fêter.

PAUL.

Bravo !

ANDRÉ.

Mais vénez donc voir ça... ça vous réjouira l'œil...

PAUL.

Tout-à-l'heure... je pensais vous trouver au dessert...

ANDRÉ.

Oh ! ça ne tardera pas... allez... au train dont la salade marche, le dessert va bientôt venir... y sont là trois papas dans un gueusard de coin... faut voir comme y vous attaquent les vivres... la gibelotte et le rôti n'ont fait qu'un saut du plat dans leur assiette... Quand je dis trois papas, je devrais dire deux... le père Giboulé et l' papa Michel... parce que l'autre, l' vieux Picton... j' sais pas c' qu'il a... mais y n' mange pas... y n' boit pas... faut que l' vin lui ait gâté l'estomac... sans compter qu'il est triste depuis quelques jours... C'est tout d' même étonnant d' voir un vieux *soiffeur* comme ça qui boude...

MICHEL, *dans la coulisse de gauche.*

A la santé de monsieur Durand !

TOUS.

A la santé de monsieur Durand !

ANDRÉ.

T'nez... les entendez-vous... c'est au moins la vingtième fois qu'y beuglent comme ça...

PAUL.

Braves gens !...

ANDRÉ.

Vous écrirez ça à monsieur votre père, n'est-ce pas ?... faut que demain quand il recevra votre lettre, y soit ben content... ben joyeux...

PAUL, *à part.*

Bien joyeux... (*Il passe à gauche.*)
(*Ritournelle de l'air suivant.*)

ANDRÉ.

Ah ! les v'là tous... arrivez donc, tas d' feignants...
(*Tous les personnages de la noce, sortent du pavillon
à gauche.*)

SCÈNE III.

PAUL, PROSPER, ANDRÉ, Invités des deux sexes, puis
PICTON.

CHŒUR.

Air du *Caïd.*

Mes amis
Chéris,
Vive la noce !
Faut s' faire une bosse ?
Moi, sans me lasser,
J' voudrais toujours recommencer !
Mes amis, il faut recommencer !

PROSPER.

Tiens ! monsieur Paul.

MARIETTE, *saluant.*

Bonjour, monsieur Paul.

TOUS.

Vive monsieur Paul !

PAUL, *passant au milieu et leur serrant la main.*

Bonjour, mes amis... mes bons amis... (*A Giboulé.*) Eh bien ! monsieur Giboulé, êtes-vous content ?...

GIBOULÉ, *la face très-enluminée.*

Je serais le tableau représentatif de l'ingratitude la plus-z-huppée... si je ne partageais point l'allégresse de la socillété.

PAUL.

Vous avez donc consenti au mariage de ces deux enfants ?

MARIETTE.

Pardine !... puisque j'avais une dot.

GIBOULÉ.

Voilà ce que je m'ai dit : le but de la socillété, c'est la perpétuation prolongée de la race humaine, pour la recrudescence de l'humanité... Tout sympathise sur terre... l'oiseau z'avec l'oiseau, l'insecte avec l'insecte, et le lion dans les forêts cherche la lionne qui a fait battre son cœur de roi des animaux, dont elle est la reine... L'amour z'est un dieu malin, dont il faut qu'un chacun passe sous son arbalète.

PROSPER.

Pour lors, moi z'et mon oncle, nous avons mis des gants blancs, et nous sommes allés trouver le père Michel.

GIBOULÉ.

Père Michel, que j'y ai dit, le moment z'est solennel... la so-

cillété a les yeux sur nous... Mon neveu, Prosper Giboulé, brûle d'un feu pudique pour votre demoiselle, qui y correspond pour le bon motif... N'entravons donc point l'idée de la socillété, qui veut la reproduction des animaux en général et de l'espèce humaine en particulier... Je vous demande donc, père Michel, la main de votre fille pour mon neveu Prosper, dont duquel je suis son oncle.

MARIETTE.

Papa a consenti... et aujourd'hui nous nous marions... Vive monsieur Paul !

TOUS.

Vive monsieur Paul !

LE GARÇON, *qui a servi le café sur les tables.*

Le café est servi !

CHŒUR.

Mes amis
Chéris, etc.

(*Pendant cette reprise, Paul, Michel et Mariette se sont placés à la première table à droite ; les autres se sont groupés de diverses manières, les femmes assises, les hommes debout.*)

PROSPER, *à Picton, qui sort du pavillon en fumant sa pipe.*

Eh ben ! et vous, père Picton... vous ne dites rien à monsieur Paul ?

PICTON, *avec humeur.*

J'ai crié vive monsieur Paul... j' peux pas recommencer.

PROSPER, *l'imitant.*

J' peux pas recommencer !... Mais qu'est-ce qu'il a donc... c' t'animal-là ?

ANDRÉ, *s'approchant de Picton.*

Voyons, mon vieux, secouons-nous... sapristi ! soyons gai...
(*Il met la main sur l'habit de Picton qui le repousse vivement.*)

PICTON.

Touche pas ! (*Il s'assied près de la première table à gauche.*)

ANDRÉ.

Qu'est-ce qu'il a donc? (*Il remonte et passe à gauche de la table où est Picton.*)

GIBOULÉ.

Vous êtes malade, père Picton ?

PICTON.

Non.

MARIETTE.

C'est peut-être la gibelotte qui l'incommode...

MICHEL, *qui s'est levé, et est venu près de Prosper.*

Si t'as queuque chose, père Picton, faut l' dire... fichtrâ...

PICTON.

Je n'ai rien...

MICHEL.

Nous sommes tous heureux... faut que tu le soyes... N'est-ce pas, monsieur Paul. (*Il retourne s'asseoir près de sa fille.*)

PAUL.

Certainement, mes amis.

PROSPER, *offrant un cigare à Picton.*

Tenez !... un cigare...

PICTON.

Un cigare... Pourquoi faire ?... j'ai ma pipe.

PROSPER.

Ah ! vous fumez encore, c'est pas malheureux... Monsieur se range... monsieur ne boit plus... Je parie qu'il est amoureux !
(*On rit.*)

ANDRÉ.

Je parie que c'est son médecin qui lui aura dit que ça lui rougissait le nez... (*On rit.*) N'est-ce pas, vieux ?

PICTON, *se levant.*

Eh ! vous m'ennuyez tous... Allez-vous promener ! (*On rit.*)
— *Picton sort par le fond à gauche, on l'accompagne par-derrière.*)

MICHEL, *à Paul.*

Et remerciez bien, votre père, fichtrâ... Dites-lui que sans le connaître, ma Mariette l'aime bien...

GIBOULÉ, *très-gai, à son neveu.*

Prosper, retiens bien ceci : l'amour d'une vierge... c'est ni plus ni moins... que le vrai trésor... de l'époux... Mais dans

l'ordre social... lorsque l'époux gourgandine, l'épouse de son
côté croit qu'elle a le droit de... (*Reprenant son cri.*) l'ara-
plies !...

PROSPER.

Oh ! mon oncle qui est paff !...

GIBOULÉ.

Et le respect... ous ce qu'il est le respect... Tiens, Paf... (*Il
allonge un coup de pied à Prosper, mais c'est André qui est venu se placer entr'eux, qui le reçoit.*)

ANDRÉ, *qui prenait une tasse de café. — Répandant sa tasse.*

Cristi !... père Giboulé, faites attention...

GIBOULÉ.

Une erreur peut toujours se réparer... Tiens !... (*Il allonge
un second coup de pied, c'est un invité qui le reçoit. — On rit.
— Giboulé dit avec satisfaction :*) Le vrai philosophe... recon-
nait... ses erreurs...

MICHEL, *à Paul qui se lève; se levant aussi, ainsi que
Mariette.*

Vous nous quittez déjà...

PAUL.

Oui... une lettre pour mon père, que je veux mettre à la
poste... Je tiens à ce qu'elle parte ce soir même.

MARIETTE.

Mais on peut la porter ...

MICHEL.

Sans doute... (*Appelant.*) Garçon !..

PROSPER.

Moi, je m'en charge...

MARIETTE.

Ah ! vous avez écrit à votre père, monsieur Paul ?

PAUL.

Oui, mademoiselle.. Oh ! pardon... madame...

MARIETTE.

Est-ce qu'il ne reste pas un peu de papier blanc à votre
lettre ?...

PAUL.

Si... Pourquoi cela ?

MARIETTE.

Une idée que j'ai comme ça... je voudrais aussi écrire à
votre père...

PAUL.

Vous, Mariette...

MARIETTE.

Oh ! quelques lignes seulement... je ne le connais pas... mais
je lui dois tout... et je serais heureuse de le remercier... moi,
la fille de son ancien ami... Il me semble que cela me porterait
bonheur...

PAUL.

Rien de plus facile. (*Il décachette l'enveloppe, et retire la lettre ; allant appeler.*) Garçon, une plume et de l'encre !...

MICHEL, *à sa fille.*

C'est une bonne idée, ça... Faut que t'embrasse, tiens... (*Il
embrasse Mariette ; le garçon apporte un encrier qu'il met sur la
première table à droite.*)

PAUL, *mettant sa lettre sur la table, à Mariette.*

Tenez, asseyez-vous là... voici toute une page en blanc...
vous lui ferez bien plaisir. (*Mariette s'assied et écrit.*)

MICHEL.

Et soigne-moi ça, ma fille. (*Il remonte.*)

GIBOULÉ.

Prosper !

PROSPER, *s'approchant.*

Mon oncle ?...

GIBOULÉ, *lui montrant Mariette.*

Retiens bien ceci : Si c'était que la reconnaissance était
bannie de dessous la *culotte* des cieux, elle se réfugierait de
dans le cœur de Mariette... et si jamais tu méconnaissais tes
devoirs d'amant z'et d'époux... (*Reprenant son cri.*) Paraplies !...

PROSPER.

Oui, mon oncle !... (*Giboulé remonte avec André près de Michel.*)

MARIETTE, *à Paul.*

Là !... je ne lui dis que bien peu de choses.. mais dame !...
je ne suis pas forte à écrire... (*Lisant.*) « Jy vous dois la vie
de mon père... je vous dois mon bonheur... merci... votre
fille... » Et je signe... Mariette, femme Giboulé... (*Paul remonte.*)

PROSPER , *s'approchant de Mariette.*

Oh !... vous signez femme Giboulé ?

MARIETTE.

Tiens ! c'est mon nom à c'tte heure...

PROSPER, *dans le ravissement.*

Oh ! femme Giboulé !... voyons !... (*Il se rapproche de Mariette et la regarde signer, mais ses yeux se fixent sur la lettre et
tout-à-coup il s'écrie :*) O mon Dieu ! (*Musique à l'orchestre.*)

TOUS, *redescendant.*

Quoi donc !

PROSPER.

L'émotion... de... de voir mon nom...

MARIETTE , *qui a replié et recacheté la lettre, se levant.*

Tenez, monsieur Paul, envoyez-lui ça...

PROSPER.

Puisque je me charge de porter la lettre. (*Il la prend et passe
à droite.*)

PAUL.

Et maintenant, mes amis, c'est moi qui vous offre du Champagne...

TOUS.

Oh !

PAUL.

Je veux boire aussi à la santé des nouveaux époux.

MARIETTE , *prenant le bras de Paul.*

C'est ça... venez boire à ma santé.

MICHEL.

Allons, père Giboulé... du champagne !...

GIBOULÉ.

Du champagne !... le champagne z'est l'ami de l'homme civi
lisé !...

CHOEUR. — REPRISE.

Mes amis
Chéris. etc.

(*Toute la noce entre dans le pavillon, à gauche; Prosper retient
André, qui va pour sortir le dernier.*)

SCÈNE IV.

ANDRÉ, PROSPER.

ANDRÉ, *très-gai.*

Ah ça ! qu'est-ce que tu me veux, toi.

PROSPER, *très-agité.*

Tu vas le savoir. (*Il va fermer la porte du pavillon, et décachète la lettre.*)

ANDRÉ.

Hein ! tu décachètes les lettres...

PROSPER.

Oui, que je les décachète... et que je ne mettrai pas celle-ci
à la poste...

ANDRÉ.

Et pourquoi ça ?

PROSPER.

Pourquoi ? parce que ce portefeuille que nous croyons tous
retrouvé...

ANDRÉ.

Eh bien ?

PROSPER.

Il ne l'est pas...

ANDRÉ.

Allons donc ! Monsieur Paul nous a dit qu'on le lui avait
rapporté le troisième jour...

PROSPER.

Il nous a trompés...

ANDRÉ.

Comment sais-tu ?

PROSPER.

Je viens de l'apprendre... par hasard... tout-à-l'heure... en jetant les yeux sur ce qu'écrivait Mariette... y avait quelques lignes en haut de la page... j'ai cru que c'était son écriture et j'ai lu... Ecoute. (*Il lit sur la lettre.*) « Ne vous désespérez « pas, mon pauvre père... Dieu ne permettra pas une perte « aussi considérable... Ces trente mille francs se retrou- « veront... »

ANDRÉ, *interrompant.*

O mon Dieu !... je comprends tout... Monsieur Paul a vu mon désespoir... celui de mon père... et, pour le calmer, il nous a dit...

PROSPER.

Pardine !... Vous juriez de travailler jusqu'à ce que vous ayez gagné cette somme...

ANDRÉ.

Oh ! tu as bien fait de me dire ça... Ce portefeuille... je le retrouverai... quand je devrais remuer tout Paris...

PROSPER.

Tu le retrouveras... tu le retrouveras... celui qui l'a ramassé le garde... et qui sait où il le cache... Si l'avais du moins qué qu'indice... queuque chose... quand tu es descendu dans la rue.

ANDRÉ.

Je n'ai vu personne...

PROSPER.

Et avant... tu n'avais rien entendu ?... pas le moindre fiacre ?...

ANDRÉ.

Rien... rien...

PROSPER.

Un cri ?... qué que chose ?...

ANDRÉ, *frappé d'une idée subite.*

Un cri ?... si... si... j'ai entendu un cri !

PROSPER.

Lequel ?... dis... lequel ?...

ANDRÉ.

Je ne me rappelle plus !... (*avec désespoir.*) Je ne me rappelle plus !...

PROSPER.

Voyons, du calme... du calme... C'était-y un marchand de paillassons, de cartons à chapeaux ? de... est-ce que je suis, moi ?...

ANDRÉ.

Non, c'était pas tout ça... je ne me rappelle plus !... je ne me rappelle plus...

PROSPER.

Cherche donc !

PICTON, *en dehors.*

A la fraîche ! qui veut boire ?

ANDRÉ, *se retournant vivement.*

Ah !... Ah !!! (*Musique.*)

PROSPER.

Fais pas attention... c'est le père Picton...

ANDRÉ.

Tais-toi !...

MARIETTE, *paraissant sur le seuil du perron.*

Mais venez donc, monsieur Giboulé, on vous attend...

ANDRÉ, *éloignant Prosper.*

Laisse-nous seuls.

PROSPER.

Voilà... mame Giboulé ! (*Regardant André.*) Tiens !... c'est drôle... Voilà, mame Giboulé... voilà... (*Il entre dans le pavillon. — André remonte. — Picton entre par le premier plan à gauche, un verre d'eau à la main.*)

SCÈNE V.

ANDRÉ, PICTON.

PICTON, *montrant son verre d'eau.*

V'là ma boisson à présent... de l'eau... c'est le trois-six des goujons. (*Il traverse le théâtre, va s'asseoir à la première table à droite, et avale son verre d'eau.*)

ANDRÉ, *faisant semblant de venir du pavillon,*

Ah ! te v'là, père Picton ?.. tiens, tu bois de l'eau, toi ?...

PICTON.

Oui... j'avais soif...

ANDRÉ.

C'est donc bon, de l'eau ?

PICTON.

Dame !... on s'habitue...

ANDRÉ.

Ah ! ça... t' es donc malade ?

PICTON.

Non... on n'est pas malade, parce qu'on boit de l'eau...

ANDRÉ, *s'approchant de lui.*

Oh ! s'il n'y avait que ça... mais j' sais pas... depuis queuques jours... comme qui dirait une quinzaine... je te trouve un air tout chose... j' suis pas médecin... mais j' parie que je sais c' que t' as...

PICTON.

Toi ?...

ANDRÉ.

J'ai été comme ça... pas longtemps... mais enfin ça a bien duré une nuit et un' journée entière... tu ne dors pas, hein ?

PICTON.

Non... pas beaucoup...

ANDRÉ.

Ou ben, dès que tu fermes les yeux tu revasses d'un tas de choses... y te semble que t' es riche... riche à millions... tu vois des écus qui dausent... et des billets de banque qui sautent... n'est-ce pas ?

PICTON.

Oui...

ANDRÉ, *à part.*

Comme moi... (*Haut et retenant Picton qui se lève et veut s'éloigner.*) Eh ben ! reste donc là... nous causons... (*Picton se rasseoit.*) Et puis la nuit... quand ta commode craque... ou ton armoire... toi, qui n'avais pas peur autrefois... ça t'effraye... y te semble que c'est des voleurs... Et le jour... dans la rue... je parie que tu ne lis pas les affiches...

PICTON.

Les affiches ? Pourquoi que je les lirai... je ne vais pas à la comédie... moi...

ANDRÉ.

Non... mais enfin... tu ne les lis pas... tu n'oses pas...

PICTON, *troublé.*

Je n'ose pas... je n'ose pas... (*Il se lève.*)

ANDRÉ.

Reste donc là...

PICTON, *passant à gauche.*

Ah ! tu m'embêtes !... parle-moi d'autre chose...

ANDRÉ.

C'est bon... ne te fâche pas !... mazette !... t' as un bel habit, qui te va joliment bien...

PICTON.

Je l'ai acheté... avant-z'hier... au Temple... 17... 50...

ANDRÉ, *cherchant à toucher la poche de l'habit.*

C'est du fameux drap.

PICTON, *vivement.*

N' touches donc pas !

ANDRÉ, *à part.*

Il est là !... (*Haut.*) N' crains rien... j' veux pas les abîmer, tes frusques !

PICTON, *s'éloignant à gauche.*

C'est très-fragile !

SCÈNE VI.

Les Mêmes, MARIETTE, puis MICHEL, puis GIBOULÉ, PROSPER, PAUL, Les Invités

MARIETTE, *sortant du pavillon, avec une bouteille et un verre de champagne à la main.*

Tiens, André, v'là du champagne pour toi... (*Voyant Picton.*) Ah ! le père Picton !.. Voyons, père Picton... un verre... à ma santé... (*Elle lui présente le verre plein.*)

PICTON.

Non... je ne bois plus...

MARIETTE.

Ah bah !... c'est joliment bon... Allez !... ça vous picote le nez... et puis ça bout dans le verre... Tenez, regardez... (*Elle lui met le verre entre les mains.*)

PICTON, *regardant le verre avec convoitise, puis tout-à-coup, jetant le champagne et posant le verre sur le première table à gauche.*

Non !... je n' veux pas boire !...

MARIETTE.

Ah ! père Picton, vous ne l'aimez donc pas le champagne ?... (*Elle va poser la bouteille sur la table à droite.*)

MICHEL, *sortant du pavillon, avec un verre et une bouteille de bordeaux.*

Si tu ne veux pas du champagne, goûtes-moi ça... c'est du bordeaux... (*Il pose la bouteille sur la première table à gauche, près de laquelle Picton s'est assis.*)

PICTON, *regardant la bouteille.*

Du bordeaux !... (*La repoussant.*) Non... pas de vin...

GIBOULÉ, *sortant du pavillon, avec une bouteille de bourgogne. — Il est très-gris. — Prosper le soutient. — Paul le suit avec quelques invités.*

Eh ben ! Et ce petit bourgogne ? (*Chantant.*)

Oui, c'est vrai-ment du chambertin ,
Tin, tin,... tintaine... tin, tin.

PROSPER, *lui prenant la bouteille, qu'il donne à André.*

Voyons, mon oncle... ne buvez plus... vous allez vous pocharder...

GIBOULÉ.

Tu me manques de respect... (*Reprenant son cri.*) Paraplies ! (*Il disparaît dans un bosquet au fond à gauche. — Michel remonte près de Prosper.*)

ANDRÉ, *montrant la bouteille de chambertin à Picton.*

Du chambertin !... dis donc, mon vieux, du chambertin...

PICTON, *après avoir regardé la bouteille, ne peut résister, il la prend.*

Du chambertin !... (*La posant sur la table.*) Non, je n'en veux pas !...

PAUL.

Décidément, père Picton, vous ne voulez rien boire ?

PICTON.

Rien...

MARIETTE.

Mais au moins, dites-nous pourquoi ?

PROSPER.

Ah ! bah !... c'est un vieux têtu... laissez-le tranquille.

(*Tout le monde s'éloigne de Picton, de manière à le laisser seul avec André, qui est passé derrière la table de Picton. — Michel, Paul, Mariette et Prosper s'asseyent à la table au troisième plan à droite, et les invités à celle du troisième plan à gauche.*)

ANDRÉ, *au père Picton, à demi-voix.*

Veux-tu que je te dise, moi, pourquoi tu ne bois plus... c'est parce que, quand tu bois, tu redeviens honnête homme... tu parles... et que tu as peur de parler...

PICTON.

Moi ?

ANDRÉ.

Oui... veux-tu que je te dise pourquoi tu ne dors pas la nuit ?... C'est parce que tu crains qu'on ne vienne te voler ton trésor... (*Sur un mouvement de Picton.*) Ces trente mille francs que tu as là...

PICTON, *d'une voix étouffée.*

Tais-toi !...

ANDRÉ, *continuant.*

Tu ne lis plus les affiches, parce que tu as peur d'y voir le nom de la personne qui les a perdus...

PICTON, *très-ému, portant la main sur la poche de son habit.*

Tais-toi donc ! (*Musique.*)

ANDRÉ, *le faisant tourner du côté de Paul.*

Allons... cette personne est là... c'est monsieur Paul... Il en

est temps encore... Je puis tout arranger sans te perdre... un bon mouvement... et au moins tu pourras reprendre ta gaîté d'autrefois... Tu pourras boire !... C'est si bon de boire...

PICTON.

Oh ! oui, qu' c'est bon !... Et dire qu'il y a quatorze jours que j'ai pas bu !... aussi ça me gratte là dedans !

ANDRÉ, *prenant la bouteille de chambertin, et commençant à verser.*

Tiens !... regarde comme c'est beau du chambertin !..... Quelle couleur !... (*Tendant la main pour prendre le portefeuille, pendant que de l'autre il continue à verser.*) Je te fais bonne mesure... tu vois... Allons, mon vieux Picton, redeviens honnête homme !... redeviens honnête homme !... (*Picton très-ému, regarde autour de lui si personne ne l'observe, il déboutonne son habit et prend le portefeuille d'une main, pendant que l'autre s'avance pour prendre le verre de vin. — André saisit le portefeuille.*)

ANDRÉ.

Bien... ma vieille !... Embrasse-moi !

PICTON.

Tout-à-l'heure... je veux boire avant !... Je veux boire !... (*Il saisit la bouteille et boit avec avidité. — Après avoir bu.*) Oh ! si tu savais combien j'ai souffert.

ANDRÉ.

Bois donc, ma vieille ! (*Il lui verse du chambertin.*)

PICTON, *qui a avalé le verre de vin.*

Oh ! que c'est donc bon !... qu' c'est donc bon .... (*Il boit coup sur coup.*)

PAUL, *se levant.*

Adieu, mes bons amis. (*Michel, Mariette et Prosper se lèvent aussi.*)

ANDRÉ, *venant à Paul.*

Vous partez, monsieur Paul ?...

PAUL.

Il le faut.

ANDRÉ.

Avant, j'ai quelque chose à vous dire... (*A Michel.*) Vous permettez, papa ?... (*Michel se retire au fond avec Mariette.*) Reste, Prosper... (*André, Paul et Prosper descendent sur l'avant-scène à droite.*)

PAUL.

Quoi donc ? (*Voyant le portefeuille qu'André lui glisse.*) Mon portefeuille !

PROSPER.

Ah ! bah !

ANDRÉ.

Chut !

PAUL.

Et moi qui vient d'écrire à mon père...

PROSPER, *avec calme.*

Oh ! mais j'ai pas envoyé la lettre... tenez, la v'là. (*Il la lui rend.*)

PAUL.

Oh ! merci, mes amis... mais ce portefeuille... Qui donc l'avait trouvé ?

ANDRÉ, *à demi voix en lui montrant Picton, qui n'a cessé de boire.*

Regardez !..

PAUL.

Lui ?...

ANDRÉ.

Depuis quinze jours, il ne buvait plus !...

PROSPER.

Et à cette heure !... Oh ! mais va-t-il ? va-t-il ?... (*Il passe près de Picton.*)

PAUL.

Le malheureux....

ANDRÉ.

Faut pas le perdre, monsieur Paul !... Si vous saviez ce qui se passe là le jour où un malheureux comme nous vient à trouver une fortune sur le pavé de la rue... le fond a beau être honnête... il hésite un jour... ou une heure... ou une minute... et puis, il fait son devoir... et quand il revient à vous, en disant : « V'là vot' argent ! » Il faut lui prendre la main... (*La lui prenant.*) comme ça... et lui dire : «T'es-t-un brave garçon !» Ce mot-là, voyez-vous... ça vaut mieux qu'une récompense honnête !

PAUL.

Tu as raison.

MARIETTE, *remarquant Picton qui boit toujours.*

Tiens ! le père Picton qui boit !...

TOUS.

C'est vrai !... il boit !...

(*Les autres invités sortent du pavillon.*)

PICTON, *se levant, déjà à moitié gris.*

Eh bien !... pourquoi que je ne boirais pas !!... j' suis un honnête homme, moi !!. (*Chantant et passant au milieu, sa bouteille à la main.*)

« Gastibelza, l'homme à la carabine. »

ANDRÉ, *à Picton.*

A la bonheur !... je te reconnais !...

(*Picton passe à l'extrême droite, et continue de boire.*)

PROSPER, *remontant.*

Mais où est donc mon oncle ? (*Appelant*) Mon oncle !...

GIBOULÉ, *arrivant par le fond à gauche. — il est dégrisé.*

Paraplies !... paraplies !...

TOUS.

Ah ! le voilà !

GIBOULÉ.

Je viens de faire z'un somme... le sommeil étant pour la société le réparateur de l'humanité... et l'ivresse étant z'également comme qui dirait le point de départ de l'abrutissement des peuples... (*Reprenant son cri.*) Paraplies !... (*Il passe à l'extrémité gauche. — Mariette passe près d'André.*)

MICHEL.

Bien dit, père Giboulé !...

(*La Ronde du premier acte se reprend à l'orchestre.*)

PAUL.

Vous êtes heureux ?... adieu, adieu, mes bons amis.

ANDRÉ, *bas à Paul, en le retenant.*

Dites donc, monsieur Paul, avant de partir, serrez-y donc la main, au vieux Picton !...

PAUL, *bas.*

Quoi ?... tu veux ?...

ANDRÉ, *bas.*

Ah ! ça lui fera tant de plaisir !...

PAUL, *allant à Picton, et lui tendant la main.*

Adieu, mon brave... adieu...

PICTON, *étonné, hésitant d'abord, puis donnant une forte poignée de main.*

Oh ! j' suis un honnête homme, moi !...

ANDRÉ, *bas à Paul.*

C'est bien, monsieur Paul... c'est très-bien !... (*Haut.*) Et maintenant, les enfants, vive la gaîté !...

TOUS.

Vive la gaîté !...

CHOEUR.

Air de la Ronde du premier acte.

Viv'nt le chant et les cris
Des oiseaux de Paris ! } ter.

ANDRÉ, *au public.*

Sitôt l'aube venue,
Demain nous reprendrons,
Gais oiseaux de la rue,
Nos cris et nos chansons.

PROSPER, *de même.*

Ce soir, tremble notre âme :
Rassurez-la d'un mot,

GIBOULÉ, *de même.*

La société réclame
L' doux écho
D'un bravo !

MARIETTE, *de même.*

Acceptez pour amis
Les oiseaux de Paris ! } bis.

CHOEUR.

Acceptez pour amis
Les oiseaux de Paris ! } ter.

FIN

LAGNY. — Typographie de A. VARIGAULT et Cⁱᵉ.